Chouette

4e

13-14 ANS

Le guide

Français

Les corrigés des exercices
Tous les corrigés détaillés, avec des explications complémentaires

Des infos parents
À la fin du livret, des informations sur le programme et des conseils pour aider votre enfant dans son travail

Hatier

Test

> p. 6 et 7

GRAMMAIRE

1. le • une • de la • des
2. elle • y • celui • le nôtre • personne • qui
3. 3 : l'apposition *Riche musée*, l'épithète *magnifique*, le complément du nom *de Fontainebleau*
4. Ce parc animalier est ouvert toute l'année.
5. COI.
6. CC (complément circonstanciel)
7. subordonnées
8. CC de but

CONJUGAISON

9. résout • peint
10. levai
11. crierais • rendrait • choisirions
12. voie
13. La corruption de certains politiciens est dénoncée par ce journal satirique.
14. Il semble indispensable de respecter les lois.

ORTHOGRAPHE

15. Illuminée dès que la nuit tombe, cette église romane au toit de tuiles rouge brique est impressionnante.
16. a. cueilli • b. cueillies
17. continu**e** (à la place de *continut*)
18. s'est
19. Quelle • qu'elle

VOCABULAIRE

20. IN AVOU ABLE   TRANS PORT ER
21. son étymologie
22. a. voisins • b. contraires • c. différents

LECTURE ET EXPRESSION ÉCRITE

23. As-tu lu ce livre ?
24. Je lui en parle.
25. a. récit • b. documentaire

1 Reconnaître un déterminant

> p. 8

1 1. Erwan a mal à la tête.
→ Nature : article défini
2. Les étudiants s'interrogent sur leur avenir.
→ Nature : déterminant possessif
3. Cette atmosphère est irrespirable.
→ Nature : déterminant démonstratif

2 Il avait mis ses affaires dans un sac : son pique-nique, sa serviette et ses baskets.
→ Ils avaient mis leurs affaires dans un sac : leur pique-nique, leur serviette et leurs baskets.

3 Flaminius sursauta : dix individus sortaient d'un buisson en poussant de grands cris. C'étaient des colosses armés de gourdins. Il se mit sur pied et se défendit comme il put, mais, malgré sa vigueur, il ne pouvait rien contre cette troupe. Plusieurs coups dans l'estomac lui coupèrent le souffle, d'autres sur la tête lui firent perdre connaissance.

Explication

• Dans quelques cas, le déterminant n'est pas exprimé, en particulier dans les locutions verbales (*perdre connaissance*) ou dans certains compléments (*armés de gourdins*).
• Devant un nom pluriel précédé d'un adjectif, on emploie de préférence *de* à la place de *des* : *en poussant de grands cris*.

2 Reconnaître un pronom

> p. 9

1 1. *Ces livres* m'appartiennent, mais je te les prête volontiers.
2. Sam est très *sportif*, je le suis beaucoup moins.
3. Je suis allée voir *le film* dont tu m'as parlé.
4. *Les candidats* attendent le résultat de l'examen ; certains sont anxieux tandis que d'autres semblent confiants.

Explication

3. Le GN *le film* est repris par le pronom relatif *dont*. On dit que *dont* a pour antécédent le GN *le film*.

2 Les petites filles se levèrent de l'escalier et dansèrent une danse singulière qui m'a rappelé celle des filles grecques dans les îles. Elles se mettent toutes,

– comme on dit chez nous – *à la queue leleu* ; puis un jeune garçon prend les mains de la première et la conduit en reculant, pendant que les autres se tiennent les bras, que chacune saisit derrière sa compagne. Cela forme un serpent qui se meut d'abord en spirale, et ensuite en cercle, et qui se resserre de plus en plus autour de l'auditeur, obligé d'écouter le chant, et quand la ronde se resserre, d'embrasser les pauvres enfants, qui font cette gracieuseté à l'étranger qui passe.

3 Analyser un groupe nominal

> p. 10

1 **a.** un étrange bruit haché, monocorde et répétitif • un premier temps • un chœur de grenouilles • la tombée de la nuit.

b. Les expansions du nom *bruit* sont des adjectifs épithètes.

2 C'était bien une Vénus, et d'une merveilleuse beauté. Elle avait le haut du corps nu, comme les anciens représentaient d'ordinaire les grandes divinités. Ce qui me frappait surtout, c'était l'exquise vérité des formes, en sorte qu'on aurait pu les croire moulées sur nature, si la nature produisait d'aussi parfaits modèles. Quant à la figure, ce n'était point cette beauté calme et sévère des sculpteurs grecs. Ici, au contraire, j'observais avec surprise l'intention marquée de l'artiste de rendre la malice arrivant jusqu'à la méchanceté.

Explication

Ces expansions sont toutes des adjectifs épithètes, sauf *du corps* qui est complément du nom *le haut* et *de l'artiste*, complément du nom *l'intention*.

4 Reconnaître et analyser une apposition

> p. 11

1 Tout en faisant ses emplettes, Passepartout eut bientôt vu la ville, autrefois défendue par un fort magnifique […]. Plus de commerce, plus d'industrie dans cette cité, jadis industrielle et commerçante. Passepartout, qui cherchait vainement un magasin de nouveautés, […] ne trouva que chez un revendeur, vieux juif difficultueux, les objets dont il avait besoin, une robe en étoffe écossaise, un vaste manteau et une magnifique pelisse en peau de loutre […]. Puis, tout triomphant, il retourna à la gare.

2 **1.** Catastrophe naturelle, *la canicule* est une période de très forte chaleur.
2. *Le drapeau tricolore*, emblème de la France, est hissé sur les édifices publics.
3. Ayant perdu son indépendance, *la Gaule* devint une province qui faisait partie de l'Empire romain.
4. *Molière*, célèbre dramaturge, fait de la comédie un lieu de débats de société.

5 Identifier une phrase simple

> p. 12

1 La nuit fraîche et sereine s'étend sur le paysage immense.

2 Jean de La Fontaine naît le 8 juillet 1621 à Château-Thierry, un an à peine avant Molière. Son père possède une charge de maître des eaux et forêts. Il grandit donc dans un cadre champêtre. Ses premières œuvres sont des échecs. À 47 ans, il publie son premier recueil de fables. La Fontaine fréquente alors le Tout-Paris littéraire. Il s'éteint en 1695 après une vie bien remplie.

Explication

Ce texte contient sept phrases simples articulées autour de sept verbes conjugués.

3 **a.** [Suter s'est retiré dans son Ermitage.] Il a ramené ce qu'il a pu de ses troupeaux. [Malgré les événements, ses vignobles, ses vergers semblent bénis]. Il pourrait encore exploiter tout cela, car il y a dans la contrée disette de vivres, et la nuée des chercheurs d'or est plus d'une fois menacée de famine. [Mais Suter n'a plus le cœur à l'ouvrage.] [Ses employés les plus fidèles, ses hommes de confiance l'ont abandonné.] [Il n'y a plus de bras pour les cultures.] [Il n'y a pas un seul berger.] [Il laisse faire.] [Il ne fait rien.]

Explication

Dans la phrase *Il pourrait […] famine*, il y a trois verbes et les propositions sont coordonnées entre elles par des conjonctions (*car, et*). L'ensemble forme une phrase complexe.

b. Voir ci-dessus, dans le texte de l'exercice **3.**

6 Reconnaître un sujet, un attribut du sujet

> p. 13

1 1. Les musiciens s'installent sur la scène.
2. Nous les entendons accorder leurs instruments.
3. Près de la maison passe désormais une route très fréquentée.
4. Pourras-tu fermer la fenêtre avant de partir ?

Explication
Le sujet peut être séparé du verbe par un pronom (*nous les entendons*) ; il peut également être inversé (*passe … une route ; pourras-tu*).

2 C'est vrai, Moustique ? • je *serai* une bouche de moins à nourrir • je *serai* le meilleur élève de l'école • tout le monde *serait* fou de joie.

7 Distinguer un COD d'un COI

> p. 14

1 a. et b. 1. Qui veut voyager loin, ménage sa monture. (COD)
2. Qui vole un œuf, vole un bœuf. (deux COD)
3. Méfiez-vous de l'eau qui dort. (COI)

Explication
Dans les proverbes 1 et 2, le sujet est le pronom *qui* (= *celui qui*).

2 a. et b. Dès qu'il entra dans la barque, elle enfonça prodigieusement, écrasée par son poids ; une secousse la *remonta* et Julien se mit à ramer. À chaque coup d'aviron, le ressac des flots la *soulevait* par l'avant. […] Julien *penchait* son corps, *dépliait* les bras et, s'arc-boutant des pieds, se renversait avec une torsion de la taille, pour *avoir* plus de force. La grêle *cinglait* ses mains, la pluie coulait dans son dos, la violence de l'air l'*étouffait*, il s'arrêta.

Explication
Si tu supprimes les COD, les phrases ne sont plus correctes.

3 Son père avait rapporté à Bernier un stylographe.

8 Reconnaître un complément circonstanciel

> p. 15

1 1. En raison des circonstances, il ne pourra pas se joindre à nous. ☒ Cause
2. Sam a mangé des bonbons à s'en rendre malade. ☒ Conséq.
3. Julia a gagné le match grâce à un entraînement régulier. ☒ Cause

Explication
Observe les expressions qui introduisent les compléments circonstanciels de cause : *en raison de, grâce à…*

2 a. Article 1er : Robinson Crusoé, né à York, le 19 décembre 1737, est nommé gouverneur de l'île de Speranza, située dans l'océan Pacifique, entre les îles Juan Fernandez et la côte orientale du Chili. En cette qualité, il a tous pouvoirs pour légiférer sur l'ensemble du territoire.
Article 2 : Les habitants de l'île sont tenus de penser à haute voix. […]
Article 4 : Le dimanche est chômé. À dix-neuf heures, le samedi, tout travail doit cesser dans l'île, et les habitants doivent revêtir leurs meilleurs vêtements pour le dîner. Le dimanche matin, à dix heures, ils se réuniront dans le temple pour la prière.

b.

CC de temps	le 19 décembre 1737 • à dix-neuf heures • le samedi • le dimanche matin • à dix heures
CC de lieu	à York • dans l'océan Pacifique • entre les îles […] du Chili • sur l'ensemble du territoire • dans l'île • dans le temple
CC de manière	à haute voix
CC de cause	en cette qualité
CC de but	pour légiférer […] • pour le dîner • pour la prière

9 Identifier une phrase complexe

> p. 16

1 1. Les oiseaux chantent. Le printemps est là.
→ Les oiseaux chantent car le printemps est là.
2. Le réveil sonne. Je me lève.
→ Le réveil sonne : je me lève.
3. Le chat est parti. Les souris dansent.
→ Dès que le chat est parti, les souris dansent.

2 1. Lisa s'assit à sa table, prit du papier et une plume. • 2. Plus d'une fois, elle commença une phrase puis déchira la feuille. • 3. Le lendemain, aussitôt qu'elle aperçut Hermann par la fenêtre, elle ouvrit le vasistas. • 4. Elle jeta la lettre dans la rue, comptant bien que le jeune homme ne la laisserait pas s'égarer. • 5. En effet, Hermann la ramassa aussitôt et entra dans une boutique de confiseur pour la lire.

Phrase	Nombre de propositions	Mot ou signe reliant les propositions	Juxtaposition, coordination ou subordination ?
1	2	une virgule	juxtaposition
2	2	puis	coordination
3	2	aussitôt qu'	subordination
4	2	comptant bien que	subordination
5	2	et	coordination

Explication

3. La proposition subordonnée précède la proposition principale.

10 Les subordonnées relatives

> p. 17

1 1. Je me promène souvent dans *cette rue* dans laquelle j'ai passé mon enfance.
2. *Ce musée* dont les tableaux sont remarquables est menacé de fermeture.
3. Nous avons rencontré *un musicien extraordinaire* qui donne un concert ce soir.
4. L'association organise *une collecte de fonds* à laquelle je participerais volontiers.

Explication

2. Pour éviter la répétition du nom *musée*, on utilise une proposition subordonnée introduite par le pronom relatif *dont*.

2 a. et b. Le jeudi suivant, de bon matin, le père de Bacaillé, accompagné de son fils, partit à la foire de Baume. Sur le devant de la voiture [à laquelle on avait attelé Bichette, la vieille jument], ils s'installèrent sur une botte de paille disposée en travers ; en arrière, sur une litière fraîche, tout le corps dans un sac serré en coulisse autour de son cou, un petit veau de six semaines montrait sa tête étonnée. Le père Bacaillé, [qui l'avait vendu au boucher de Baume], profitait de l'occasion [qu'offrait la foire] pour le conduire à son acquéreur.

Explication

La proposition subordonnée relative englobe tous les mots qui ont du sens ensemble ; par exemple, dans la première relative, le GN *la vieille jument* définit *Bichette* ; il faut donc inclure ce GN dans la proposition subordonnée relative.

3 J'ai plusieurs copains : celui avec qui/avec lequel je m'entends le mieux est Noah ; Léo, que les autres n'apprécient pas trop, est très fort en maths ; Edgar, dont les parents sont acteurs, est très timide. Tous les trois sont vraiment des garçons sur qui/ sur lesquels on peut compter.

11 Les subordonnées complétives

> p. 18

1 Peu à peu, nous *prenions conscience* [que la construction de la tour Eiffel ne serait jamais terminée] – maintenant, nous nous *expliquions* [pourquoi l'ingénieur avait exigé ce piédestal démesuré, ces quatre pattes de fer cyclopéennes qui semblaient absolument disproportionnées].

Explication

La première phrase contient une subordonnée conjonctive, tandis que la deuxième phrase contient une subordonnée interrogative indirecte.

2 Phrases 1 et 2.

3 1. Es-tu passé prendre le pain ?
→ *Je me demande* si tu es passé prendre le pain.
2. Qu'est-ce que vous en concluez ?
→ *Je me demande* ce que vous en concluez.

12 Les subordonnées circonstancielles

> p. 19

1 1. Nous resterons ensemble [jusqu'à ce que tes parents soient rentrés].
2. [Comme Zina a peur du noir], sa mère a installé une veilleuse dans sa chambre.
3. J'ajoute du basilic dans la sauce [pour qu'elle ait plus de goût].

2 [Comme j'étais frêle et maladif], mes parents n'avaient pas voulu m'envoyer à l'école. Ma mère m'avait seulement appris à lire et à écrire… On avait si peur de mon père [qu'à table, nous demandions du pain à voix basse] et, [pour qu'il n'ait aucune raison de s'énerver], nous ne pleurions pas devant lui. Aussi, [dès qu'il était parti], ce n'était qu'un sanglot, d'un bout de la maison à l'autre… Mon frère Jacques avait de surcroît le don des larmes. Il pleurait [comme on se mouche], plus souvent, voilà tout.

Explication
La subordonnée de conséquence *qu'à table, nous demandions du pain à voix basse* est annoncée par le mot *si* dans la principale (*si… que*).

3 1. Il fait froid. Elle reste au coin du feu. (*conséquence*) → Il fait froid si bien qu'elle reste au coin du feu. • 2. Elle vernit son meuble. Il ne s'abîmera pas. (*but*) → Elle vernit son meuble pour qu'il ne s'abîme pas.

Explication
On peut utiliser d'autres conjonctions équivalentes : *si bien que = de (telle) sorte que* ; *pour que = afin que…*

13 L'indicatif présent : cas particuliers

> p. 20

1 1. tendre • ~~atteindre~~ • attendre • apprendre • vendre : seul verbe en *-indre*, il perd le *d* du radical aux trois personnes du singulier du présent : *j'atteins*.
2. voir • apercevoir • ~~pouvoir~~ • devoir • recevoir : seul verbe qui prend la terminaison *-x* aux deux premières personnes du singulier du présent : *je peux*.

2 Mes yeux s'ajustent à la demi-obscurité. Tout d'un coup, je vois un foulard taché de rouge dont le coin est pincé dans un coffre. Je le prends, le secoue, le tords, le sens, le tire. Il m'intrigue. Une série de portraits de maman empilés les uns contre les autres apparaît. Je les mets en éventail contre le mur. Sombres, ils m'inquiètent. J'aperçois sur un des portraits une petite fille. Et je me souviens.
J'en ai assez de ma promenade… Je vais dans ma chambre… J'y retournerai… Là-haut, je peux réfléchir aux secrets de maman.

3 1. « Qui peint la fleur ne peut pas en peindre l'odeur. »
2. « Dans la vie, rien ne se résout, tout continue. »
3. « Lorsque vous dites la vérité, vous n'avez à vous souvenir de rien. »

Explication
Comme tous les verbes en *-indre* et *-soudre*, *peindre* et *résoudre* perdent le *d* du radical au présent, à la 1re personne du singulier.

14 Reconnaître la valeur d'un présent

> p. 21

1 Maître Corbeau, sur un arbre perché,
Tenait en son bec un fromage.
Maître Renard, par l'odeur alléché,
Lui tint à peu près ce langage :
« Hé, bonjour Monsieur du Corbeau,
Que vous êtes joli ! Que vous me semblez
Sans mentir, si votre ramage
Se rapporte à votre plumage,
Vous êtes le Phénix des hôtes de ces bois. »
À ces mots le corbeau ne se sent pas de joie ;
Et pour montrer sa belle voix,
Il ouvre un large bec, laisse tomber sa proie.

2 1. Chaque jour, il passait par le chemin qui *longe* la falaise. → présent de vérité générale
2. Furieuse, Katia s'écria : « Ce n'*est* pas vrai ! je le *sais* ! » → présent d'énonciation dans des paroles rapportées directement
3. Le silence régnait dans les rues du village quand soudain un cri *vient* troubler cette paix. → présent de narration
4. Le Rhin *traverse* six pays d'Europe. → présent de vérité générale

15 L'indicatif passé simple

> p. 22

1 Un après-midi, je repensai au bas noir. Je l'entortillai dans une ficelle et coupai le bout du pied. Puis, à l'endroit du pied, j'attachai un long fil de cerf-volant. De loin, en tirant doucement, ça avait l'air d'un serpent. Le soir, j'attendis sans bouger près du portillon. Une femme arrivait. Je courus me cacher et expérimentai le maniement du serpent. Il obéit. Alors je me fis tout petit et je me mis à tirer le fil du serpent. Il glissa lentement au milieu de la rue. La femme poussa un grand cri.

2 1. erras • consacras • ~~vaincras~~ • pleuras : *vaincras* est le futur de *vaincre*, alors que les autres verbes sont au passé simple.
2. ~~obéit~~ • prit • mit • vit • partit : *obéit* est le seul verbe du 2e groupe, les autres sont du 3e groupe.

Explication
Le passé simple du verbe *vaincre* est : *je vainquis, tu vainquis, il vainquit, nous vainquîmes, vous vainquîtes, elles vainquirent.*

3 Aussitôt que le Petit Poucet entendit ronfler l'Ogre, il réveilla ses frères, et leur dit de s'habiller promptement et de le suivre. Ils descendirent doucement dans le jardin et sautèrent par-dessus les murailles. Ils coururent presque toute la nuit toujours en tremblant et sans savoir où ils allaient.

Explication
Dans un récit, le passé simple s'emploie surtout à la 3e personne du singulier comme du pluriel. Observe les terminaisons de la 3e personne du pluriel : *ils descendirent, ils sautèrent, ils coururent.*

16 Employer le passé simple et l'imparfait

> p. 23

1 1. s'ouvrit → passé simple (action principale)
se déchaînait → imparfait (action secondaire, arrière-plan)
2. prenais, rencontrais → imparfait (actions répétées, habitude : *chaque jour*).

2 Il était inutile d'aller plus loin : les girafes revenaient au galop. Je grimpai en haut des rochers. J'y trouvai, couchés sur le flanc, des lions, des boucs, des léopards… Deux longues cornes de feu s'avançaient très loin et déjà se refermaient presque. Et ce qui était pire, c'était que le vent tournait et que les flammes revenaient vers nous.

Explication
Le passé simple évoque les actions principales du récit : ici, les actions du narrateur (*grimpai*, *trouvai*) sont mises en avant.

3 1. Je me demandais si j' ❑ allai ☒ allais réussir. • 2. Un instant j' ❑ hésitais ☒ hésitai puis je franchis le seuil de la maison. • 3. Alors que je ❑ pensai ☒ pensais à lui, il entra.

17 Les temps composés de l'indicatif

> p. 24

1 M. Utterson se présenta à la porte du Dr Jekyll. Poole l'introduisit sur-le-champ. Il lui fit traverser les cuisines, puis une cour qui avait été jadis un jardin. Le docteur avait racheté la maison aux héritiers d'un chirurgien. Un escalier aboutissait à une porte qui s'ouvrait sur le cabinet du docteur. C'est là que s'était assis le Dr Jekyll, pâle à faire peur.
« Alors, dit M. Utterson, dès que Poole les eut laissés seuls, vous avez entendu la nouvelle ?
– Les vendeurs de journaux l'ont claironnée dans le square, dit-il… »

Verbe souligné	Temps de l'auxiliaire	Temps composé du verbe
avait été	avait = imparfait	plus-que-parfait
avait racheté	avait = imparfait	plus-que-parfait
s'était assis	était = imparfait	plus-que-parfait
eut laissés	eut = passé simple	passé antérieur
avez entendu	avez = présent	passé composé
ont claironnée	ont = présent	passé composé

Explication
• *Être* et *avoir* ont, comme tous les verbes, des temps composés constitués de l'auxiliaire *avoir* conjugué à un temps simple et du participe passé *eu* ou *été*. C'est, dans le texte, le cas de *avait été*.
• Les verbes pronominaux utilisent l'auxiliaire *être* pour former leurs temps composés : *s'était assis*.

2 1. Je m'en irai seulement quand tu seras arrivé.
2. Nous avons rempli nos poches de bonbons multicolores.
3. Le Dr Jekyll avait entendu la nouvelle.
4. Après que tu fus parti, la maison était triste.

18 Employer le conditionnel

> p. 25

1

Infinitif	Conditionnel présent	Futur simple	Conditionnel passé
être	je serais	je serai	j'aurais été
crier	je crierais	je crierai	j'aurais crié
finir	je finirais	je finirai	j'aurais fini

2 Si Helen allait à l'école, elle aurait besoin d'une quantité de livres nouveaux et très peu de ces livres avaient été « traduits » en braille. C'est à Ann qu'en incomberait la tâche. Elle devrait soit recopier les livres en braille, soit les épeler peu à peu dans la main d'Helen. Dans les deux cas, il fallait qu'elle commençât par les lire ; or, la vue d'Ann, qui était déjà très mauvaise, s'était encore affaiblie ces derniers temps. « J'essaierai de tenir le temps qu'il faudra », se dit Ann, qui ne pensait jamais à elle.

3 **1.** J'aimerais que tu passes un peu moins de temps sur les réseaux sociaux. (conditionnel)
2. Je signerai ce document quand vous l'aurez complété. (futur)
3. Je serais ravie si vous veniez dimanche. (conditionnel)

19 Employer le subjonctif

> p. 26

1

Infinitif	3e pers. du singulier	1re pers. du pluriel	3e pers. du pluriel
essayer	qu'il essaye/ qu'il essaie	que nous essayions	qu'ils essayent/ qu'ils essaient
prendre	qu'il prenne	que nous prenions	qu'ils prennent
obéir	qu'il obéisse	que nous obéissions	qu'ils obéissent

Explication

- Les verbes en *-ayer* peuvent s'écrire avec *y* ou avec *i* devant un *e* muet.
- Aux 1re et 2e personnes du pluriel du subjonctif présent, dans les verbes en *-yer*, il ne faut pas oublier le *i* : *que nous essayions*.

2 **1.** Le professeur ne veut pas que cet élève se sente exclu.
2. Appelle les urgences : il faut qu'un médecin intervienne au plus vite !
3. Quoi que fassent ses enfants, elle leur pardonne toujours leurs bêtises.
4. Ma mère ne souhaite pas que nous ayons un chat à la maison.

3 **1.** Tu dis que tu ☒ parcours ☐ parcoures huit kilomètres en une heure.
2. Pour que je te ☐ crois ☒ croie, tu dois me donner des preuves.
3. Je ne ☒ crois ☐ croie que ce que je ☒ vois ☐ voie.
4. Je ne veux pas que tu ☐ vois ☒ voies dans quel état je suis en ce moment !
5. Il est possible qu'il ☐ rit ☒ rie beaucoup en entendant cette blague.

Explication

Le subjonctif est employé ici après des verbes exprimant le souhait (*je ne veux pas*) ou l'éventualité (*il est possible*).

20 Utiliser un verbe à la forme passive

> p. 27

1 Cette gargote était tenue par des gens appelés Thénardier, mari et femme.

2 ☒ **1.** Le club de football est tenu par un ancien joueur.
☐ **2.** Les maillots de l'équipe sont verts à rayures blanches.
☐ **3.** C'est grâce à leur persévérance que les joueurs ont remporté le match.
☒ **4.** Ils sont appréciés de tous dans la région.
☒ **5.** La coupe a été remise aux vainqueurs.

3 **1.** La nouvelle *Le Horla* a été écrite par Guy de Maupassant.
2. Dans cette nouvelle, le narrateur est poursuivi par une créature invisible.
3. Des hallucinations nocturnes sont décrites [par lui] dans son journal.
4. Rêve ou réalité ? Le lecteur est progressivement gagné par le doute.

Explication

À la forme passive, attention à accorder correctement le participe passé du verbe avec le sujet : *écrite* (accord avec *la nouvelle*) ; *décrites* (accord avec *des hallucinations nocturnes*).

21 Les verbes pronominaux

> p. 28

1 1. « Les hommes se trompent, les grands hommes avouent qu'ils se sont trompés. »
2. « Mes chimères et mes erreurs se sont évanouies. »
3. « Ignorer les événements qui se sont passés avant votre naissance, c'est rester toujours enfant. »
4. « La catastrophe qui finit par arriver n'est jamais celle à laquelle on s'est préparé. »

Explication
3. Le sujet du verbe *se passer* est le pronom relatif *qui*, mis pour *les événements*. Il faut donc accorder le participe passé du verbe au masculin pluriel.

2 a. La pluie commença par n'être qu'une fine mousseline tiède pendant plusieurs jours. Puis, on put voir ses rayures. Enfin, elle tomba à blocs et elle ne s'arrêta plus de tomber. Les huttes s'effondraient. Il n'y avait d'abri nulle part. Les rochers les plus hauts de la colline ruisselaient d'eau noire. Les ouvriers de la milice en blouse et ceinturon de cuir s'occupaient du sauvetage général. On les voyait partout. Ils s'affairaient de tous les côtés avec une générosité inutile…

3 b. 1. s'effondraient • 2. s'affairaient

22 Les verbes impersonnels

> p. 29

1 2. ☒ Il fait très froid ces jours-ci. • 3. ☒ Il manque encore deux élèves. • 5. ☒ Il circule très peu de véhicules aujourd'hui. • 8. ☒ Il n'arrive jamais rien ici.

2 1. Il neige depuis ce matin. (VI) • 2. Il ne reste que cinq kilomètres à parcourir. (PI) • 3. Il faut prendre la bonne route. (VI) • 4. Il fait un temps épouvantable pour la saison. (PI) • 5. Il s'agit d'une affaire urgente. (VI) • 6. Il vient peu de monde en ce moment. (PI) • 7. Il existe des modèles d'occasion. (PI)

3 1. Que tu partes à l'étranger me semble indispensable.
→ Il me semble indispensable que tu partes à l'étranger.
2. Bien des tableaux manquent dans cette galerie.
→ Il manque bien des tableaux dans cette galerie.
3. Fumer dans les lieux publics est interdit.
→ Il est interdit de fumer dans les lieux publics.

23 Accorder un adjectif

> p. 30

1 Je me retrouvai sur la grande [place] du Marché qui, à cette [heure] matinale, grouillait de gens allant faire peser du bois à la [bascule] publique. À droite, se dressait l'hôtel de ville avec sa [façade] dorée, dont les visages de [marbre] blanc contemplaient la place. À ma gauche, on apercevait la Nouvelle [Église] : sa [tour], haute et étroite, me rappelait une volière en pierre.

2 Presque toujours, on se reposait dans un pré, ayant Deauville à gauche, Le Havre à droite et en face la pleine mer. Elle était brillante de soleil, lisse comme un miroir, tellement douce qu'on entendait à peine son murmure ; des moineaux cachés pépiaient, et la voûte immense du ciel recouvrait tout cela. Mme Aubain, assise, travaillait à son ouvrage de couture.

Explication
Observe les différentes fonctions des adjectifs dans ce texte : épithètes (*pleine, cachés, immense*), attributs (*brillante, lisse, douce*) ou apposé (*assise*).

3 1. L'araucaria est un conifère aux feuilles rectangulaires et vert foncé.
2. Lilian a gardé les yeux bleu clair qu'il avait à la naissance.
3. Au crépuscule, l'horizon se pare de reflets orangés.

24 Accorder un verbe avec son sujet

> p. 31

1 1. L'avion que prennent [Marc et sa femme] est en retard. • 2. À qui appartiennent [ces bottes] ? • 3. [Une foule de touristes] admire/admirent la tour Eiffel. • 4. [Ni la force ni la douceur] ne peut venir à bout de sa résistance.

2 [Dominique et Françoise] n'écoutèrent pas le Père Merlier. Ils pénétrèrent dans la salle du moulin où [une dizaine de soldats] attendait/attendaient en silence, les volets fermés, guettant par des fentes. [D'autres soldats] rentraient en rampant, quand [l'ennemi] les avait délogés de leurs cachettes. Dans le moulin régnaient [silence et inquiétude].

Explication
Pour *une dizaine de soldats* l'accord se fait au singulier si on met l'accent sur le nombre (*une dizaine*), au pluriel si on met l'accent sur le complément (*soldats*).

3 1. Une multitude de fourmis / La multitude de fourmis ont envahi le jardin. → Le nom *multitude* précédé de l'article défini entraîne un accord du verbe au singulier, ce qui n'est pas le cas pour *une multitude de...*

2. Mon père et ma mère / Mon père, ainsi que ma mère, est sorti. → Lorsqu'un nom/sujet est lié par *ainsi que*, et est entre deux virgules, l'accord se fait au singulier.

3. C'est lui / moi qui prend ce sac. → *prend* est à la 3e personne du singulier, il ne peut s'accorder qu'avec *lui*.

4. Seul un petit nombre de gens / peu de gens connaît ce raccourci. → L'adverbe de quantité *peu de* est forcément suivi du pluriel or, le verbe *connaît* est ici au singulier.

Explication

4. Le verbe s'accorde au singulier avec le nom *nombre*, noyau du GN sujet *un petit nombre de gens*.

25 Accorder un participe passé

> p. 32

1 1. Dans la forêt de Guédelon, une équipe de passionnés a ☒ bâti ❑ bâtis une forteresse.

2. La construction a été ❑ amorcé ☒ amorcée en 1995 et n'est toujours pas ❑ achevé ☒ achevée aujourd'hui.

3. Les ouvriers ont ☒ employé ❑ employés les matériaux qu'ils ont ❑ trouvé ☒ trouvés sur place : pierre, bois, argile...

4. Les outils, ils les ont tous ❑ fabriqué ☒ fabriqués eux-mêmes et n'ont ☒ utilisé ❑ utilisés aucune machine moderne.

Explication

3. et 4. Les participes passés *trouvés* et *fabriqués* s'accordent avec le COD placé avant le verbe.

2 Encastré dans le mur, il y avait un énorme anneau de fer, auquel était enchaîné un squelette qui paraissait essayer de saisir un plat et une cruche à eau qui étaient placés juste hors de sa portée. La cruche avait évidemment été remplie d'eau jadis, car elle était recouverte à l'intérieur d'une moisissure verte. Il n'y avait rien sur le plat. Ils contemplaient, saisis d'étonnement, la tragédie terrible dont le secret leur était à présent révélé.

Explication

Le participe passé *enchaîné* s'accorde au masculin singulier avec le sujet inversé *un squelette* ; *placés* s'accorde au pluriel avec le GN sujet *un plat et une cruche à eau* ; *remplie* s'accorde au féminin singulier avec le GN *la cruche*, et *recouverte* avec *elle* qui reprend *la cruche* ; *révélé* s'accorde avec *le secret*.

3 1. Elles photographient ❑ les oiseaux ☒ le tableau ❑ la lampe qu'elles ont observé.

2 Il veut rencontrer ❑ les chanteuses ☒ les acteurs ❑ la pianiste qu'il a vus à la télévision.

3. Les promeneurs découvrent ☒ des odeurs ❑ des parfums ❑ une atmosphère qu'ils n'avaient jamais remarquées.

Explication

- 1. *Observé* est un participe passé au masculin singulier, donc seul le GN *le tableau* peut commander cet accord.
- 2. *Vus* est un participe passé au masculin pluriel, donc seul le GN *les acteurs* peut commander cet accord.
- 3. *Remarquées* est un participe passé au féminin pluriel, donc seul le GN *des odeurs* peut commander cet accord.

26 Les formes verbales en *-i*

> p. 33

1 1. Ses cheveux ont ☒ éclairci ❑ éclaircis ❑ éclaircit au soleil. • 2. Cette peinture blanche ❑ éclairci ❑ éclaircie ☒ éclaircit la pièce. • 3. L'affaire a enfin été ❑ éclairci ☒ éclaircie ❑ éclaircit.

2 Le vieux marquis dit de sa voix un peu tremblante : « Oui, j'ai subi l'épouvante. Il est permis de n'être pas brave devant les dangers imaginaires. Le manoir semblait abandonné depuis vingt ans. Au bruit que je fis, un vieil homme sortit. Je l'écartai violemment et pénétrai dans la maison. Je franchis un grand vestibule. Je vis assez nettement une grande pièce en désordre. J'allai au secrétaire. Je m'assis dans un fauteuil, j'abattis la tablette, j'ouvris le tiroir. Je crus percevoir un frôlement. Si je n'avais pas senti mon sabre à mon côté, je me serais enfui. »

Verbes au passé simple		Participes passés	
1re pers. du singulier	3e pers. du singulier	en *-i*	en *-is*
fis ; franchis ; vis ; m'assis ; abattis ; ouvris	sortit	subi ; senti ; enfui	permis

27 Les formes verbales en *-u*

> p. 34

1 Ogul, dès le premier jour, fut tout essoufflé et crut qu'il mourrait de fatigue. Le second, il fut moins fatigué et put mieux dormir. En huit jours, il recouvra toute la force, la santé, la légèreté et la gaieté qu'il avait connues dans ses plus brillantes années. « Vous avez vu ? Vous avez seulement joué au ballon et vous avez résolu d'être sobre, lui dit Zadig. Apprenez qu'on se porte toujours bien avec de la sobriété et de l'exercice. »

2 1. ~~vus~~ • bus • pus • vécus • courus : il s'agit du participe passé du verbe *voir* au masculin pluriel, et non de la 1re personne du passé simple.
2. englues • ~~eues~~ • remues • habitues : il s'agit du seul participe passé de la liste.

3 Plus d'un an après les faits, le naufrage du *Grande America* continue d'avoir des conséquences. Ce porte-conteneur, qui a coulé au large de La Rochelle, pollue encore aujourd'hui les rivages à cause d'une fuite dans l'épave. Le pétrole qu'il déverse englue les oiseaux marins. Il les a rendus incapables de voler, les condamnant à une mort certaine. Des boulettes de pétrole ont été aperçues sur les plages de Loire-Atlantique et de Vendée. Après analyse des échantillons, un laboratoire de Brest a conclu qu'elles provenaient bien de ce navire. L'association Sea Sheperd, qui agit en faveur de l'environnement marin, n'exclut pas que les 250 oiseaux retrouvés morts sur une plage ne soient qu'une infime partie des animaux victimes de cette pollution.

Explication
Comme tous les verbes du premier groupe, les verbes *continuer, polluer* et *engluer* prenne la terminaison *-e* à la 3e personne du singulier.

28 Les adverbes en *-ment*

> p. 35

1 1. bref → brièvement
2. léger → légèrement
3. gentil → gentiment
4. évident → évidemment
5. calomnieux → calomnieusement
6. innocent → innocemment
7. violent → violemment
8. continu → continûment

2 1. différent → différemment
2. brillant → brillamment
3. gai → gaiement
4. heureux → heureusement
5. joli → joliment
6. fort → fortement
7. grand → grandement
8. constant → constamment

3 La porte s'ouvrit et se referma. [Jérôme] était parti. Alors me redressant vivement, je me mis à appeler mère Barberin. Elle accourut près de mon lit :
— Est-ce que tu me laisseras aller à l'hospice ?
— Non, mon petit Rémi, non.
Et elle m'embrassa tendrement en me serrant dans ses bras. Cette caresse me rendit le courage, et mes larmes s'arrêtèrent de couler.
— Tu ne dormais donc pas ? me demanda-t-elle doucement.

29 Distinguer *c'est* et *s'est*

> p. 36

1 La servante s'est écriée : ça brûle ! On s'est dépêché de ramasser nos affaires. On s'est sauvé avec ce qu'on avait sur le dos. C'est tout ce qu'on a pu emporter. Tout le reste est perdu. Tout à coup, on s'est aperçu que Katia n'était plus là.
« Mais où est-elle restée ? demanda Pierre.
— Aniska, va, montre-lui où c'est », cria-t-elle à la servante.
La petite domestique prit par le sentier.
« C'est ici, tout près dit-elle. Celle-là ! C'est là que nous demeurions. »

Explication
Dans la phrase « *montre lui où c'est* », *c'est* n'est suivi d'aucun mot car il appartient à une interrogative indirecte. La question directe serait « *où est-ce ?* ».

2 **1.** « C'est fini ! », s'est-il écrié.
2. C'est bien à cet endroit que la voiture s'est arrêtée.
3. Il s'est regardé dans le miroir et a dit :
« C'est parfait ! »
4. Il fait assez beau, c'est-à-dire qu'il ne pleut pas !
5. On s'est dit au revoir, mais c'est pour mieux se retrouver dans quelques jours.

3 **2.** « Qui ~~c'est~~ s'est brûlé la langue n'oublie plus de souffler sur sa soupe. »
4. « Offrir l'amitié à qui veut l'amour, ~~s'est~~ c'est donner du pain à qui meurt de soif. »
5. « ~~S'est~~ C'est dans le besoin qu'on reconnaît ses vrais amis. »

30 Distinguer *quel(s), quelle(s)* et *qu'elle(s)*

> p. 37

1 **1.** Je te demande ❑ quel ☒ quelle est la bonne direction.
2. ☒ Quel ❑ Quels temps fera-t-il demain ?
3. On dit ❑ quelle ☒ qu'elle est une femme d'esprit.
4. Le colis ❑ quelle ☒ qu'elle a reçu provenait de Singapour.

2 **1.** À quelle page vous êtes-vous arrêtés ?
2. Katia est fatiguée : je ne pense pas qu'elle puisse venir ce soir.
3. Quel étourdi ! J'ai oublié à quel endroit j'avais garé ma voiture.
4. Ces fleurs sont si fragiles qu'elles fanent dès qu'on les cueille.
5. L'artisan ne sait plus quelles portes il doit repeindre.

3 La vieille femme était en réalité une méchante sorcière qui attirait les enfants dans la maison en pain d'épices qu'elle avait construite. Et dès qu'elle réussissait à s'emparer de l'un d'eux, elle le faisait rôtir et le mangeait. Quelle fête c'était pour elle ! Aussitôt qu'elle avait vu s'approcher Jeannot et Margot, elle avait ricané de plaisir et s'était dit : « Quel délicieux festin je vais faire là ! »

31 Identifier le radical, un préfixe

> p. 38

1 **1.** [jour]nalier • [jour]nal • a[jour]ner • au[jour]d'hui • [jour]née • bon[jour] • tou[jour]s
2. [terr]estre • at[terr]ir • [terr]er • at[terr]er • extra[terr]estre • [terr]ien • en[terr]er • [terr]arium

Explication
À ce radical commun s'ajoutent des préfixes et/ou des suffixes, permettant de former des mots de la même famille.

2 **a.** La marée basse laissait à dé/couvert des oursins, des méduses ; et les enfants couraient, pour saisir les flocons d'écume que le vent em/portait. Les flots endormis se dé/roulaient le long de la grève. Le principal divertissement était le retour des barques. Dès qu'elles avaient dé/passé les balises, leurs voiles descendaient aux deux tiers des mâts. Ensuite le bateau se plaçait contre le quai. Des femmes s'élançaient pour em/brasser leurs hommes.
b. recouvrir, remporter, reporter, repasser, rebrasser

3 com- → comporter, comprendre
re- → reporter, reprendre
per- → persuader

Explication
Le préfixe *con-* devient *com-* quand le radical commence par *b*, *m* ou *p*.

4 importer → exporter • plaire → déplaire • obéir → désobéir • brancher → débrancher

32 Identifier un suffixe

> p. 39

1 acclam/ation • acharne/ment • aim/able • antiqu/aire • antiqu/ité • class/eur • félicit/ation • cap/able • gribouill/is • heur/eux • horizont/al • popul/aire • port/able • val/able • val/eur

2 Les lames de fond soulevaient des tonnes de sable dans un vacarme épouvantable. C'étaient des détonations de bombes, des craquements. Tout volait par-dessus la petite troupe : maisons, meubles, toits, portes et fenêtres, animaux, cocotiers. À peine une minute ou deux de tranquillité. Le charivari furieux reprit plus fort avec ses masses liquides et verticales qui se fracassaient en grosses vagues glacées.

Explication

Attention à l'accord de l'adjectif en *-al* : *verticales* au féminin pluriel (mais *verticaux* au masculin pluriel).

3 **1.** *-oir* ou *-oire* ? bavoir • bouilloire • entonnoir • promenoir • arrosoir • armoire • passoire • rasoir
2. *-té* ou *-tée* ? propreté • netteté • dictée • solidité • pelletée

33 Chercher l'étymologie d'un mot

> p. 40

1 Stade. *n. m.* (1530 ; *estade*, 1265 ; fém. jusqu'au XVIIe ; gr. *stadion*) Mesure…
Pelouse. *n. f.* (1660 ; « monticule », 1611 ; de l'adj. *pelous* « poilu » (XIIIe) ; lat. *pilosus* « couvert de poils »). Terrain couvert d'une herbe courte et serrée…
Jambe. *n. f.* (1080 ; gr. *kampê*). *Anat.* Partie de chacun des membres inférieurs de l'homme…
Coude. *n. m.* (XIVe ; *code*, XIIIe ; *keute*, XIIe ; lat. *cubitus*). 1° Partie extérieure du bras…

Explication

Les indications du dictionnaire te permettent de comprendre l'évolution des mots : *stade*, par exemple, était d'abord un mot grec, les Romains l'ont emprunté et adapté à leur langue, puis arrivé dans nos régions, ce mot a peu à peu évolué pour devenir celui que nous employons.

2 **1.** Certaines stars n'apprécient pas les paparazzi qui les traquent. **2.** J'ai un excellent scénario pour mon prochain film. **3.** Les spaghetti s'accomodent bien de sauce tomate.

3 Ils croisèrent quelques gosses, appuyés à la barrière du stade, qui contemplaient des joueurs de football groupés à une extrémité de la pelouse.
« Bon. Tu prendras ton départ agenouillé. Dommage que nous n'ayons pas de starting-block. »
Il assura tout de suite sa foulée… Le balancement des bras s'accordait au rythme des jambes, les coudes frôlant les jambes…

Explication

Tu peux aussi repérer le mot *rythme*, issu du grec. Le mot *football* est issu de la langue anglaise, alors que *handball*, par exemple, est un mot d'origine allemande.

34 Analyser les sens d'un mot

> p. 41

1 **a.** Sens du mot *roitelet* : 1° « roi sans importance » ; 2° « oiseau ».
b. Les phrases entre guillemets sont des citations d'auteur qui donnent des exemples d'utilisation du mot.
c. L'abréviation *n. m.* signifie nom masculin.

2 **1.** → pavillon
2. → timbre

3 **1.** croissant • **a.** viennoiserie en forme de croissant • **b.** partie visible de la Lune à certaines périodes
2. tableau • **a.** peinture • **b.** panneau mural
3. opération • **a.** intervention chirurgicale • **b.** calcul (addition, soustraction…)

Explication

Chacun de ces mots peut avoir encore d'autres sens :
- tableau → *le tableau de bord, le tableau d'honneur, jouer sur tous les tableaux*, etc. ;
- opération → *opération militaire, opération commerciale*.

35 Synonymes et antonymes

> p. 42

1 **1.** Ton frère a dû être *vexé* de ne pas être dans la confidence. → froissé
2. Lorsqu'il s'agit de monter aux arbres, tu es particulièrement *adroite*. → agile
3. Cet enfant est d'un caractère *farceur*. → espiègle

2 **1.** Cette eau, très pure, est *transparente*. → trouble
2. Au début du spectacle, les acteurs gardent tous la tête *baissée*. → levée
3. La porte, brutalement, s'est *ouverte*. → fermée

3 De nouveaux compagnons s'échappent des pages de mes premiers livres, il leur arrive beaucoup d'aventures en tout genre, c'est très excitant, à côté le football me paraît *fade*. Un lundi matin, à l'école, mon père, qui est aussi mon instituteur, nous demande de raconter notre dimanche. Je trempe mon porte-plume dans l'encrier, les mots m'appellent et me tirent par la manche, ma main tremble…

4

	Synonymes	Antonymes
beau	joli	laid
obscurité	nuit, ombre	clarté, lumière
aimer	apprécier	haïr, détester

36 Homonymes et paronymes

> p. 43

1 hauteur → auteur ; mite → mythe ; cane → canne
1. Les mythes de l'Antiquité grecque sont captivants.
2. Mon grand-père a oublié sa canne dans le train.
3. Victor Hugo est l'auteur de *Notre-Dame de Paris*.

2 Sens du mot *aire* : surface, étendue. Ici, il s'agit d'une *aire* d'autoroute. • Homophones : air, ère, erre.
1. Ce matin, en arrivant, il avait un drôle d'air.
2. Cela s'est produit à l'ère glaciaire.
3. Marcel erre sans but dans les rues désertes.

3 1. Sans le vouloir, il a été induit en erreur. •
Les peintres doivent enduire le mur avant de le laquer.
2. Tu lui as infligé une sérieuse punition. •
Je suis très affligé par la disparition de ce grand homme.
3. Un grave accident a eu lieu en plein centre-ville. •
Un incident diplomatique peut être lourd de conséquences.

Explication
Souvent, entre deux paronymes, seule une lettre change : *induire* et *enduire*, *poisson* et *poison*, *coussin* et *cousin* ou *dessert* et *désert* !

37 Identifier les trois registres de langue

> p. 44 et 45

1 1. familier • 2. soutenu • 3. courant

2 1. J'adore l'intro de cette chanson. → introduction
2. J'ai acheté ce jeu en promo ! → promotion
3. Je préfère ces baskets avec la bande fluo.
→ fluorescente

3 1. Le maire annonce que l'espace jeune sera inauguré le 3 septembre.
2. J'ai expliqué à ma mère que tout le monde avait raté l'évaluation.
3. Notre entraineur s'est exclamé : « Je suis fier de votre victoire ! »

Explication
On peut utiliser d'autres verbes comme *déclarer*, *indiquer*, *préciser*, *raconter*, *prétendre*, *signaler*, *s'écrier*, *s'extasier*. Le choix du verbe permet de modifier l'intention de l'énoncé.

4 1. N'auriez-vous pas croisé un homme de grande taille sur le chemin ? • 2. L'agricultrice a-t-elle continué de travailler sous la pluie ? • 3. N'est-ce pas le comte Dracula ? • 4. Diane a-t-elle poursuivi les recherches ?

5 1. Elsa se promène chaque été dans ce village dont elle connaît chaque rue.
2. Je veux que tu viennes me retrouver demain.
3. Antoinette et Ernestine sont très heureuses parce qu'elles ont été invitées au bal de la baronne.

Explication
2. Il est nécessaire d'inverser l'ordre des phrases pour que la deuxième devienne la proposition principale suivie d'une subordonnée complétive.

6 J'ai saisi / J'ai utilisé le tube à essai / Je me suis emparé(e) du tube à essai avec précaution / avec prudence / précautionneusement. L'expérience s'est révélée / s'est avérée inefficace / vaine. Ce qu'on a observé était microscopique / infime.

38 Améliorer ses écrits

> p. 46 et 47

1 Rassemblés autour du feu à nous détendre, nous nous racontions des histoires. Père revenait souvent sur la sienne : son iliade et son odyssée pour ramener le feu dans la vallée. Il nous rappela d'abord la triste situation dans laquelle nous étions encore quelques jours plus tôt, chassés, traqués par les fauves et les loups presque jusqu'à extinction. C'était l'insuffisance d'ongulés – ânes, zèbres, chevaux – qui obligeait les carnassiers à s'en prendre à nous. Quand les grands chats commencent à manger de l'homme, ils ont vite fait d'y prendre goût.

2 1. Amandine ne connait pas le *clonage*, or cet article en parle.
2. Le ministère présente *ses conclusions*. Les scientifiques expriment les leurs.
3. Greta Thunberg est préoccupée par *la planète* qui doit être préservée.
4. Il faudrait utiliser moins de *pétrole*. En effet, le raffinage de cette huile composée d'hydrocarbures entraîne le rejet de nombreux polluants atmosphériques.

Explication

4. Tu peux utiliser une autre périphrase. Par exemple, on désigne souvent le pétrole par l'expression *l'or noir*.

3 a. La circulation est intense sur l'autoroute car tout le monde part en congé. Sur l'aire de repos, notre chien va, vient, court ; en un mot, il s'agite bien inutilement. Nous repartons ensuite dans les embouteillages ; mes parents ne roulent donc pas très vite. Pourtant, cela ne nous contrarie pas : nous sommes comblés d'être en vacances ! En outre, ma tante et mes cousins savent que nous arriverons tard.
b. addition : En outre • reformulation : en un mot • conséquence : donc • cause : car • opposition : Pourtant

4 a. Je ne sais pas si je préfère vivre à la campagne ou en ville. En effet, *la campagne et la ville* offrent des avantages et des inconvénients. Tout d'abord, à la campagne, une famille aura beaucoup plus d'espace pour profiter du quotidien. On peut également y cultiver ses propres légumes. C'est donc plus économique. Cependant, entretenir son potager prend beaucoup de temps. Évoquons à présent le cas de la vie en ville. *La ville* présente un avantage indiscutable : les adolescents sont plus autonomes car ils peuvent utiliser les transports en commun pour *se déplacer en ville*. En outre, on a accès à des espaces comme la bibliothèque, le cinéma ou encore les musées, mais certains trouveront que la vie est plus stressante pour *les habitants de la ville*.
b. 1. ces deux lieux • 2. Cette dernière • 3. s'y déplacer • 4. les citadins

Explication

Pour le 2e GN *La ville*, tu peux aussi employer le pronom démonstratif *Celle-ci*.

39 Répondre en justifiant son point de vue

> p. 48 et 49

1 ❑ 1. Cet enfant est très petit pour son âge. • ❑ 2. Mon frère est un grand champion de natation. • ☒ 3. La connaissance est le chemin le plus sûr pour parvenir à la liberté. • ❑ 4. Je vois tous les jours cet homme se promener dans le parc. • ☒ 5. Je pense qu'il vaut mieux une tête bien pleine que bien faite. • ❑ 6. Mes parents aiment aller au cinéma. • ☒ 7. La violence n'est jamais tolérable. • ☒ 8. Rabelais disait que le rire est le propre de l'homme. • ❑ 9. Mes amis aiment beaucoup rire.

2

Noms abstraits	Noms concrets
la peur • la joie • l'égalité • la réflexion	l'ordinateur • les copains • les vêtements • les chaussures • la mode • le bruit • la musique • la peinture

3 1. J'affirme que l'école prépare à la vie.
2. Je crois que nous ne sommes pas trop jeunes pour penser à l'avenir.
3. Je veux que règnent sur la terre paix et fraternité.

Explication

Le choix est contraint par le pronom élidé, le temps des verbes et le sens des phrases.

4 ☒ a. La lecture ouvre l'esprit et permet de mieux comprendre le monde.
❑ b. Quand on lit un roman, on entre dans la vie des personnages. Parfois on s'identifie à eux, on partage leurs sentiments, leurs pensées. On échappe, le temps de la lecture, à sa propre vie.
❑ c. Dans beaucoup de familles, les parents lisent le soir une histoire à leurs jeunes enfants. Les mots entendus ainsi enrichissent le vocabulaire de l'enfant, lui permettant d'avoir un accès plus large au monde qui l'entoure.
☒ d. La lecture nourrit l'imagination et permet de s'évader.

argument a → exemple c
argument d → exemple b

5 ❶ Le monde d'aujourd'hui peut rendre pessimiste. Dans les médias, il n'est souvent question que de guerres, de catastrophes naturelles, de crise économique… Les savants, eux, nous alertent sur les dangers que court notre planète, notamment en raison du dérèglement climatique.

❷ Dans un tel contexte, on pourrait se laisser envahir par le découragement : heureusement, il y a encore de la place pour le rêve et l'espoir.
❸ En premier lieu, il y a toutes ces formes d'évasion que nous proposent, par exemple, la musique, le cinéma ou encore un bon roman. Quand je suis plongé(e) dans un récit fantastique, je suis transporté(e) dans un monde extraordinaire et oublie celui qui m'entoure. Il en est de même quand j'écoute mes chansons préférées.
❹ Mais on peut également trouver des raisons de rêver dans la réalité. Ainsi, certains hommes ou femmes – célèbres ou anonymes – nous donnent des exemples d'engagement et de solidarité qui nous font croire en la possibilité d'un monde meilleur.
Je pense par exemple à Nelson Mandela.

40 Comprendre un récit et l'interpréter

> p. 50 et 51

1 Dans ce texte, dont les verbes sont conjugués ❑ au passé simple ☒ à l'imparfait, le narrateur pose le cadre : nous sommes à la campagne, dans des familles paysannes pauvres. Le début de cette nouvelle rédigée à la ❑ 1re ☒ 3e personne annonce une histoire ❑ fantastique ☒ réaliste.

2 a. 1. un verbe signifiant *travailler dur et sans répit* : besognaient → besogner
2. un adjectif formé avec un préfixe négatif : inféconde
3. un adverbe de manière : péniblement

Explication
Les adverbes de manière se terminant par le suffixe *-ment* indiquent la manière. Par exemple, *péniblement* signifie « d'une façon qui est pénible », *doucement* : « d'une façon douce ».

b. Les deux chaumières étaient côte à côte, au pied d'une colline, proches d'une petite ville de bains. Les deux paysans besognaient dur sur la terre inféconde pour élever tous leurs petits. Chaque ménage en avait quatre. Devant les deux portes voisines, toute la marmaille grouillait du matin au soir. […]
Les mères distinguaient à peine leurs produits dans le tas ; et les deux pères confondaient tout à fait. […]. Tout cela vivait péniblement de soupe, de pomme de terre et de grand air. À sept heures, le matin, puis à midi, puis à six heures le soir, les ménagères réunissaient leurs mioches pour donner la pâtée, comme des gardeurs d'oies assemblent leurs bêtes.

Explication
La *marmaille* et les *mioches* sont des noms familiers qui dévalorisent les enfants. D'autres termes en font des objets : *produits* et *tout cela*.

c. Les enfants sont comparés à des bêtes et plus précisément à des oies dont les gardiennes seraient les mères. Cela renforce cette impression d'animalité qui était déjà exprimée dans le GN *leurs petits*. Maupassant souhaite montrer que, dans ce milieu paysan, il n'y a guère de place pour l'individu.

3 Par un après-midi du mois d'août, une légère voiture s'arrêta brusquement devant les deux chaumières, et une jeune femme, [qui conduisait elle-même], dit au monsieur assis à côté d'elle :
– Oh ! Regarde, Henri, ce tas d'enfants ! Sont-ils jolis, comme ça, à grouiller dans la poussière.
L'homme ne répondit rien, accoutumé à ces admirations qui étaient une douleur et presque un reproche pour lui.
La jeune femme reprit :
« Il faut que je les embrasse ! Oh ! comme je voudrais en avoir un, celui-là, le tout petit. »

4 a. La proposition relative (entre crochets ci-dessus) indique que la jeune femme tient les rênes, alors que son mari est présent dans la voiture. Elle fait preuve d'un caractère volontaire, décidé.
b. Les deux mots déjà employés dans l'incipit (soulignés ci-dessus) sont contrebalancés par l'adjectif *jolis*.
c. L'homme est affligé. Il a l'impression que sa femme lui reproche, à mots couverts, de ne pas réussir à la mettre enceinte.

5 *Tu es libre d'imaginer ce que tu veux tant que cela reste réaliste.*
Dans la suite du récit de Maupassant, le couple va demander aux familles de paysans d'adopter l'un de leurs enfants, en posant des conditions favorables à l'enfant et à ses parents. L'une des familles va refuser, l'autre accepter.

41 Exprimer ses sentiments dans un récit

> p. 52 et 53

1

avoir la mort dans l'âme	la colère
être sur des charbons ardents	l'étonnement, la surprise
être au septième ciel	l'impatience inquiète
tomber des nues	la profonde tristesse
perdre son sang-froid	l'amour, l'exaltation

2 1. Émotion : peur • Termes associés : inquiétude, angoisse, inquiet, appréhension, redouter…
2. Émotion : admiration • Termes associés : impressionné, exaltant, respect, admirable, admirer, admiratif, vénération, adulation, émerveillé, applaudir, estime, élogieux…

Explication
Tu peux associer d'autres sentiments à l'émotion principale dans ta rédaction : pour le sujet 1, peur et solitude sont à mobiliser.

3 1. 2 épaté | 3 abasourdi | 1 troublé
2. 3 euphorique | 1 gai | 2 heureux
3. 3 interloqué | 2 ébahi | 1 déstabilisé
4. 3 inconsolable | 1 morose | 2 tourmenté

4 1. affligé → nom commun : l'affliction
2. enthousiaste → verbe pronominal : s'enthousiasmer
3. amer → nom commun : l'amertume
4. stupéfait → nom commun : la stupéfaction
5. appréhension → verbe : appréhender
6. exalter → nom commun : l'exaltation

5

C'était bien la fille qui l'avait insultée hier.	Son cœur se mit à battre la chamade en l'apercevant au loin.
Il reçut enfin la réponse positive qu'il espérait depuis des mois.	Son regard se perdit dans le vide.
Lola s'éprit d'Aurélien dès le premier regard.	Ses yeux se plissèrent, il afficha un large sourire.
Ce fut au tour de Kim d'apprendre la terrible nouvelle.	Lèvres pincées et sourcils froncés, elle s'approcha de l'arrêt de bus à vive allure.

6 *Lola ouvrit la porte*, Aurélien était venu lui rendre visite. Elle attendait cela depuis plusieurs jours et exulta en l'apercevant ! Elle se sentit au comble de la félicité lorsqu'il la complimenta sur sa mine radieuse.

Explication
Pour rédiger la suite, on s'est inspiré d'une des situations de l'exercice 5. Tu pouvais aussi repenser à une situation positive comme la situation 3 de l'exercice 2.

42 Comprendre un texte documentaire

> p. 54 et 55

1 a. Le « bloom phytoplanctonique » est une floraison d'algues soudaine et rapide, liée à l'augmentation de la concentration d'une ou plusieurs espèces de phytoplancton dans l'océan. Il se traduit par une coloration de l'eau détectable par satellite. Quand on s'en approche, on découvre une immense forêt de phytoplanctons qui génèrent de l'oxygène comme les plantes sur terre. Le phénomène nécessite la conjonction de conditions favorables : une eau riche en nutriments, bien oxygénée, et suffisamment de lumière pour que la photosynthèse se produise. Une forte densité de plancton favorisant le développement des mollusques, poissons et mammifères marins, un bloom phytoplanctonique est synonyme de bonne santé de l'océan.

Explication
Tu as pu souligner aussi les termes « nutriments » et « mollusque » si tu en as oublié le sens.

b. Il doit être possible de comprendre le sens global du texte sans maîtriser l'expression *bloom phytoplanctonique*. En effet, le but du texte est d'expliquer ce qu'est ce phénomène. Quant aux autres mots scientifiques, une lecture attentive doit permettre de réactiver des connaissances acquises en SVT, suffisantes pour comprendre les explications fournies. Cependant, si tu en éprouves le besoin, tu peux chercher leur définition dans le dictionnaire, avant de poursuivre les exercices.

2 ❷ Il est lié à l'augmentation de la concentration de phytoplanctons dans l'eau.
❸ Ce phénomène est la preuve que l'océan se porte bien.
❶ Le bloom phytoplanctonique est un phénomène saisonnier qui se produit dans les océans.

3
- ❑ un conte
- ☒ une encyclopédie
- ❑ un magazine d'histoire
- ☒ un livre d'océanographie
- ☒ un site de vulgarisation scientifique
- ❑ un roman d'aventures

4 *Je te recommande* la lecture de ce court texte : il m'a permis de comprendre, en quelques lignes seulement, un phénomène scientifique étonnant et ce, malgré son nom compliqué ! Toi qui es passionné par les océans et la nature, je suis sûr que ça t'intéresserait aussi.

5 Une « forêt » dans la mer

Explication
Le titre « Fleurissement après la pluie » montre une mauvaise compréhension du texte. Le titre « Phénomène naturel » manque de précision.

6 a. et b. 1. Dans la ville de Chongqing, la gare de Liziba est localisée au huitième étage d'un immeuble.
2. À bord du Tanggula Express, qui traverse le plateau tibétain à une altitude moyenne de 4 500 m, les passagers respirent difficilement à cause du manque d'oxygène.
3. Dans certains trains américains, des wagons sont pourvus d'une immense vitre s'étendant du sol au plafond, permettant une observation du paysage sans égale.

Explication
Les formes *s'étendant* et *permettant* sont des participes au présent. Le mode « participe » étant impersonnel, il n'est pas nécessaire de relever ces formes.

7 Le 15 mai 2021, l'astromobile chinoise Zhurong s'est posée avec succès sur Mars. La Chine parvient ainsi à égaler les États-Unis qui ont été les premiers à réaliser cet exploit en 1976 avec la sonde Viking 1. La mission, prévue pour durer trois mois, permettra d'étudier la structure géologique de la planète, ainsi que la composition chimique du site. L'un des objectifs poursuivis avec Zhurong est en effet de rechercher des preuves de la présence passée ou actuelle de glace d'eau dans la zone.

43 Analyser un texte argumentatif

> p. 56 et 57

1 a. Le discours porte sur les inégalités entre les genres (ou l'égalité entre femme et homme).
b. et c. Nous lançons aujourd'hui la campagne « HeForShe ».
Je m'adresse à vous en ce jour, car j'ai besoin de votre aide. Nous souhaitons mettre fin aux inégalités entre les genres, et pour y parvenir, l'implication de tous est indispensable.
Il s'agit de la première campagne de ce genre menée par l'ONU : [nous souhaitons mobiliser autant d'hommes et de garçons que possible pour qu'ils militent pour l'égalité des genres.] Mais au-delà des discours, nous voulons obtenir des résultats tangibles.
J'ai été nommée il y a six mois et depuis, plus je parle de féminisme, plus je réalise que [la lutte pour les droits des femmes est trop souvent associée à la haine des hommes]. S'il y a bien une chose dont je suis certaine, c'est que cela doit cesser.

2

Les réseaux sociaux sont utiles à la société.	Les réseaux sociaux nuisent à la société.
1, 3, 5	2, 4, 6

3 Nous lançons aujourd'hui la campagne « HeForShe ».
Je m'adresse à vous en ce jour, car j'ai besoin de votre aide. Nous souhaitons mettre fin aux inégalités entre les genres, et pour y parvenir, l'implication de tous est indispensable.
Il s'agit de la première campagne de ce genre menée par l'ONU : nous souhaitons mobiliser autant d'hommes et de garçons que possible pour qu'ils militent pour l'égalité des genres. Mais au-delà des discours, nous voulons obtenir des résultats tangibles.
J'ai été nommée il y a six mois et depuis, plus je parle de féminisme, plus je réalise que la lutte pour les droits des femmes est trop souvent associée à la haine des hommes. S'il y a bien une chose dont je suis certaine, c'est que cela doit cesser.

4 1. *Apparemment* (adverbe d'opinion), je fais partie de ces femmes aux propos jugés *trop forts, trop agressifs, trop ségrégateurs, anti-hommes et peu séduisants*. (termes péjoratifs)
2. *Messieurs*, j'aimerais profiter de cette opportunité pour *vous* inviter formellement. (prise à partie des auditeurs) L'égalité des genres est aussi votre problème.
3. *J'ignore* (verbe d'opinion) si je suis qualifiée pour être ici. Tout ce que je sais, c'est […] que je souhaite apporter *ma* contribution (indices de la 1re personne) pour faire bouger les choses.

5 a. Le stéréotype associé au genre masculin pose l'idée selon laquelle ce serait dans la nature des hommes d'être agressifs pour affirmer leur place dans la société.

Les jeux de « bagarre » des enfants, par exemple, sont largement cautionnés pour les garçons, nettement moins pour les filles. Pourtant, les filles comme les garçons peuvent se livrer à des jeux pacifiques et, indifféremment, adopter des attitudes agressives. Emma Watson nous engage à réfléchir plus largement au rôle de l'éducation dans la mise en place ces stéréotypes.

Explication

Vérifie que tu as bien compris qu'Emma Watson remet en question des préjugés liés au genre, induisant des comportements inégalitaires.

b. L'entretien d'un logement n'est pas la tâche exclusive des femmes. Les hommes aussi peuvent faire le ménage. Messieurs, mesdames, nettoyez ensemble votre domicile !

44 Lire un poème

> p. 58 et 59

1 **b.** ☒ Il est disposé en vers.

❑ Il décrit précisément un clair de lune en bord de mer.

☒ Il produit des effets de musicalité grâce à la répétition de certains sons.

❑ Il raconte l'histoire d'une sultane.

☒ Il comporte une image qui suggère que les vagues scintillent.

2 Le texte le plus poétique est l'extrait A car il est disposé en vers qui riment. J'ai également relevé des effets de musicalité et le présence d'une image qui suggère que les vagues scintillent.

Explication

Vérifie que tu as justifié ton choix en utilisant *car* (conjonction de coordination), *parce que* (conjonction de subordination) ou encore *en effet* (connecteur).

3 L'hiver, nous irons dans un petit wagon rose
Avec des coussins bleus.
Nous serons bien. Un nid de baisers fous repose
Dans chaque coin moelleux.

Tu fermeras l'œil, pour ne point voir, par la glace,
Grimacer les ombres des soirs,
Ces monstruosités hargneuses, populace
De démons noirs et de loups noirs.

Puis tu te sentiras la joue égratignée…
Un petit baiser, comme une folle araignée,
Te courra par le cou…

Et tu me diras : « Cherche ! » en inclinant la tête,
– Et nous prendrons du temps à trouver cette bête
– Qui voyage beaucoup…

4 Ce poème est composé de 4 strophes de quatre vers. Ces vers de 6 syllabes sont des hexasyllabes. Le poète évoque la pluie qui tombe sur la ville en la comparant avec ses pleurs. Il en exprime la monotonie en utilisant la même rime dans trois vers de chaque strophe. Pour mimer le rythme des gouttes, Verlaine utilise une allitération en [p] : pleure, pleut, pénètre, pire, peine, pourquoi. Ces divers effets musicaux expriment de manière suggestive la mélancolie sans objet qu'il éprouve.

45 Lire une image

> p. 60 et 61

1 **1.** Le photographe a réalisé un paysage.

2. On distingue :
• au premier plan : un lac et des rochers • au second plan : des arbres et leur reflet dans le lac, une maison • à l'arrière-plan : des sommets de montagne et le ciel

3. Le photographe a utilisé une lumière naturelle.

2 **1.** un plan d'ensemble • **2.** la majesté de la nature • **3.** Le ciel et les arbres se reflètent dans le lac, ce qui donne cette impression troublante qu'ils occupent une très grande partie du cadre.

3 Je suis très impressionné(e) par ce que je vois : je me sens tout(e) petit(e) face à l'immensité de la nature ! C'est très beau de voir le ciel qui se reflète dans le lac. Je trouve ce cadre très paisible, les couleurs sont apaisantes. Ce calme donne l'envie simple de contempler la montagne et de réfléchir.

Explication

Tu as pu formuler tes impressions différemment. Face à ce spectacle, on peut se sentir admiratif, heureux, apaisé ou peut-être inquiet si on craint les grands espaces vides.

4 **1.** L'émetteur de ce document est la municipalité de Bruxelles.

2. L'image s'adresse aux automobilistes qui fréquentent la ville et la région de Bruxelles.

3. fille, costume, super-héroïne, masque, ceinture de sécurité, fierté, cape

4. Cette photographie doit inciter les enfants et leurs parents à porter leur ceinture de sécurité en voiture.

Explication

En Belgique, la ceinture est obligatoire pour les passagers arrière depuis 1991. Le recours à des mécanismes de sécurité (passive) protège le passager en cas d'accident.

5 1. street-art

2. La femme de chambre a un beau visage paisible. Elle est penchée vers l'avant, s'apprêtant à vider le contenu de sa pelle derrière une tenture qu'elle soulève.

3. Les gens modestes aussi ont le droit d'être visibles et admirés. / Les êtres humains sont tous égaux, peu importe leur catégorie sociale. / Il faut que la société arrête de cacher les gens modestes comme de la poussière qui ferait honte et dont il faudrait se débarrasser. / On n'a pas besoin d'être une star pour avoir le droit d'être visible dans l'existence.

Explication

Cette correction est une proposition de réponses possibles. Il n'y pas de message unique dans cette œuvre car la perception qu'on en a dépend de la sensibilité de chacun.

Bilan – vers la 3^e

> p. 62 et 63

1 a. et b. [Tout à coup le feu prit un étrange degré d'activité.] (S) [Une lueur blafarde illumina la chambre], et [je vis clairement] [que ces peintures étaient la réalité]. (C) [Les prunelles de ces êtres encadrés remuaient d'une façon singulière] ; [leurs lèvres s'agitaient comme des lèvres de gens] [qui parlent], mais [je n'entendais rien que le tic-tac de la pendule et le sifflement de la bise d'automne]. (C) [Une terreur insurmontable s'empara de moi]. (S) [La pendule sonna onze heures]. (S)

c. Nature : ❑ relative ☒ conjonctive ❑ interrogative indirecte

Fonction : ❑ CC ❑ épithète ☒ COD

2 a. 1. Il est souhaitable que les jeunes *connaissent* *Roméo et Juliette*. → subjonctif

2. Toutes les pièces de Shakespeare ne *s'achèvent* pas tragiquement. → indicatif

3. Il faut que les héros *réalisent* des actions nobles. → subjonctif

4. Il paraît que les adolescents *préfèrent* les dénouements heureux. → indicatif

b. *connaissent* est au subjonctif car il suit un verbe exprimant un souhait. *réalisent* est au subjonctif parce qu'il suit un verbe d'obligation.

3 a. et b. Ce soir-là, je suis rentrée vite parce qu'il pleuvait à [grosse] (grosses) gouttes. J'ignorais totalement que mes parents m'avaient [préparée] (préparé) une surprise pour mon anniversaire. J'ai été [étonné] (étonnée) qu'ils soient revenus si tôt du travail. J'ai aperçu deux paquets [bleus ciels] (bleu ciel) dans l'entrée. Était-ce des cadeaux que m'[avait] (avaient) [achetée] (achetés) mon père et ma mère ? S'agissait-il du pull et du bonnet [mauve] (mauves) que m'avait [montré] (montrés) ma mère la veille ?

4 a. et b. doucement : adverbe • irréalité : nom commun • verdâtre : adjectif

5

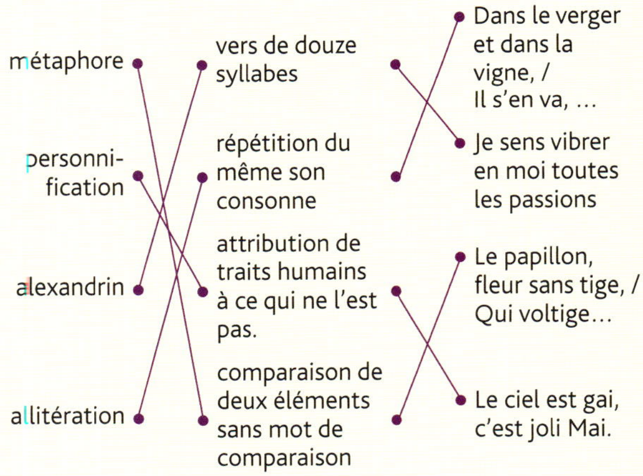

6 Photo A → Le smartphone est néfaste car il peut créer des addictions et nuit au développement des enfants.

Photo B → Je trouve le smartphone utile car il permet de rester en contact avec ses proches quand on vit loin d'eux ou isolé.

Photo C → Le smartphone est pratique car il permet de se repérer en ville grâce aux applications de géolocalisation.

Photo D → Le smartphone peut, selon moi, nous empêcher de profiter de l'instant présent.

infos parents

- Quel est le programme de français en 4e ?
- Comment se déroulent les cours ?
- Quels types de travaux le professeur propose-t-il ?
- Comment pouvez-vous aider votre enfant à la maison ?

Ce supplément « Infos parents » vous apporte des indications détaillées au sujet de ces différents points.

Quel est le programme de français en 4e ?

Le programme de français pour la classe de 4e a changé à la rentrée 2016. Il est intégré désormais au programme du cycle 4, un cycle d'enseignement qui s'étend de la 5e à la 3e. Il a fait l'objet de quelques ajustements à la rentrée 2018.

Quatre domaines

Lecture, écriture, langage oral

Permettre à l'élève de développer une pensée autonome, reposant sur un usage correct et précis de la langue française, tel est l'objectif général du cycle 4 en français. Le programme est organisé autour **d'activités de lecture et d'écriture diversifiées**, en lien avec des thèmes de culture littéraire et artistique (voir ci-dessous). Plus qu'autrefois, ce programme met également **l'accent sur le langage oral**. Les élèves apprennent à écouter des interventions, à faire une présentation orale, à interagir dans un débat.

L'étude de la langue

Prépondérantes, ces activités de lecture, d'écriture et d'oral sont complétées par des activités en **grammaire**, en **orthographe** et dans le **domaine du lexique** qui permettent de comprendre le fonctionnement de la langue française et d'en acquérir les règles.

Connaissances et compétences

Dans chacun de ces domaines, le programme met en avant les compétences attendues à la fin du cycle, donc en fin de 3e.

Les connaissances listées servent à construire ces compétences.
Voici, par exemple, les compétences exigibles **dans le domaine de la lecture** :

- lire des œuvres littéraires, fréquenter des œuvres d'art ;
- élaborer une interprétation de textes littéraires ;
- lire des images, des documents composites (y compris numériques) et des textes non littéraires.

Et dans celui de l'expression écrite :

- utiliser l'écrit pour penser et pour apprendre ;
- adopter des stratégies et des procédures d'écriture efficaces ;
- exploiter des lectures pour enrichir son écrit.

Une approche interdisciplinaire

Le français et les autres disciplines

Le travail en français permet de nombreux croisements entre les disciplines :

- le professeur de français veille tout particulièrement à ménager des rapprochements avec **le latin et le grec**, tant sur le plan culturel que sur le plan linguistique ;
- il puise aussi dans les thématiques d'**histoire des arts** pour élaborer des projets ;

- les ressources du numérique sont intégrées au travail ordinaire de la classe, de même que la réflexion sur leurs usages ;
- enfin, l'enseignement du français contribue fortement à la **formation civique et morale** des élèves en développant l'esprit critique et la capacité à argumenter.

Les EPI

Ces liens entre les disciplines sont pleinement exploités dans le cadre des EPI (**enseignements pratiques interdisciplinaires**), où l'enseignant de français, en collaboration avec d'autres professeurs, fait travailler les élèves sur des projets concrets au croisement de deux disciplines ou plus.

Quelle est la part consacrée à la lecture ?

L'enseignant de français propose, trois à quatre fois dans l'année, d'étudier une œuvre littéraire en texte intégral, en lien avec le programme de culture littéraire et artistique.

Les thèmes de culture littéraire et artistique en 4e

En 4e, le programme de français s'articule autour de **cinq thèmes de culture littéraire et artistique**, associé chacun à des indications de « corpus ».

Dire l'amour
• des poèmes d'amour, de l'Antiquité à nos jours • une œuvre narrative ou théâtrale présentant l'analyse du sentiment amoureux
Individu et société : confrontation de valeurs ?
• une tragédie ou tragicomédie du XVIIe siècle • des extraits de romans ou des nouvelles mettant en scène cette confrontation
La fiction pour interroger le réel
• un roman ou une nouvelle réaliste (et, si possible, l'adaptation cinématographique ou télévisuelle) • une nouvelle fantastique
Informer, s'informer, déformer
textes et documents issus de la presse et des médias (journaux, revues, enregistrements radio ou télévisés, médias numériques)
La ville, lieu de tous les possibles ?
• un roman (notamment roman policier ou d'anticipation) offrant une représentation contrastée du milieu urbain • des poèmes sur le thème de la ville

Cinq à six livres par an

En lien avec ce programme, votre enfant va étudier environ trois œuvres littéraires en texte intégral. Son enseignant lui demandera également de lire, individuellement, des ouvrages de son choix. Au total, il devra lire **cinq à six livres** au cours de l'année scolaire, **en plus des extraits** – réunis en groupements de textes – qui sont étudiés en classe.

Comment aider votre enfant à lire les livres étudiés en classe ?

Lire l'œuvre en parallèle

La meilleure façon de procéder, si vous en avez le temps, consiste à lire également de votre côté l'œuvre étudiée en classe et à **trouver des moments pour en discuter avec votre enfant**. Cette lecture en parallèle vous permettra par ailleurs de l'aider plus efficacement à préparer un contrôle de lecture ou une explication de texte.

L'inciter à lire de manière régulière

Il paraît important de proposer, par ailleurs, **d'autres occasions de lecture, hors contexte scolaire**. Voici quelques idées :

- inscrivez votre enfant à la bibliothèque-médiathèque la plus proche de chez vous et incitez-le à y emprunter régulièrement des livres (y compris BD et mangas !) ;
- si l'occasion se présente, entrez dans une librairie ou arrêtez-vous au rayon « livres » de votre grande surface et laissez-le choisir librement le sujet qui l'intéresse ou la couverture qui l'attire ;
- si le cas se produit, allez voir ensemble le film adapté d'un roman puis proposez-lui de lire le livre.

Vous trouverez, en pages 25-26, des **conseils de lecture** adaptés à l'âge de votre enfant et en lien avec le programme de français de 4e.

Quelle place est accordée à l'étude de la langue ?

Même si les activités de lecture, d'écriture et de langage oral sont prépondérantes en 4e, les enseignants de français consacrent encore de nombreuses heures à l'étude de la langue. Les élèves ont en effet besoin de consolider leur maîtrise du français.

La place de l'étude de la langue (EDL)

Les séances consacrées à l'EDL

Au cours de chacune des périodes qui structurent son enseignement, le professeur de français consacre environ **un tiers des séances** à l'étude de la langue. En fonction des objectifs définis, il reprend des notions précises de grammaire, d'orthographe ou de vocabulaire et les travaille avec des exercices « contextualisés » (à partir des textes étudiés) puis « décontextualisés » (à partir de la règle).

Un apprentissage au long cours

Cependant, il faut garder à l'esprit que la langue française est très riche et que tous ses aspects ne peuvent être abordés en même temps. Il faut donc **accepter des faiblesses passagères** dans les écrits de votre enfant, avant que les points concernés n'aient été traités en classe.

Comment aider votre enfant à apprendre une leçon de grammaire ?

- En premier lieu, incitez-le à revenir sur la leçon **le jour même** où elle a été vue en classe. Même si votre enfant a compris les explications du professeur, il a besoin de reprendre le contenu, peu de temps après, pour bien l'assimiler.
- Demandez-lui d'expliquer ce qu'il a compris, avec ses propres mots.
- Puis parcourez la leçon avec lui pour contrôler ce premier exposé, en l'aidant à relever les phrases clés. Une fois qu'il a la leçon bien en tête, faites-lui refaire **les mêmes exercices** que ceux proposés en classe (processus de manipulation).
- Puis laissez-le faire **les exercices nouveaux** donnés par l'enseignant (processus de transfert).

Et l'orthographe ?

Un système complexe

L'orthographe est un système complexe dont l'apprentissage est forcément long. Les trois années du cycle 4 sont nécessaires pour parvenir à maîtriser les différentes règles ; d'autant plus que certaines structures cérébrales essentielles pour en assimiler toutes les subtilités ne sont acquises qu'aux alentours de 12-13 ans.

Quelques conseils

Pour aider un enfant qui a des difficultés en orthographe, voici quelques conseils :

- tout en restant vigilant, **évitez de « faire un blocage » sur la question de l'orthographe** et de tout rapporter à cela : un élève n'est pas « mauvais » en français uniquement parce qu'il a des problèmes d'orthographe ;
- ne multipliez pas les dictées nouvelles ; il vaut mieux reprendre les dictées travaillées en classe pour aider votre enfant à bien intégrer les règles, le lexique déjà vus ;
- dans le cas d'une erreur d'orthographe grammaticale, faites-lui retrouver **la règle** et expliquer comment elle s'applique dans le contexte ;
- travaillez **l'orthographe lexicale d'une manière visuelle ou auditive** selon l'enfant. Un enfant à tendance visuelle peut recopier le mot en prononçant les lettres. Un enfant à tendance auditive a besoin d'épeler les mots, les yeux fermés, puis de les écrire pour associer le son et la manière de l'écrire.

Quels types de travaux d'écriture sont proposés ?

L'écriture d'un texte est un exercice très complet, qui met en jeu à la fois la réflexion, l'imagination et la maîtrise des outils de la langue. C'est également un exercice difficile. Comment apporter une aide à votre enfant dans ce domaine ?

Les différents types d'écrit

En classe de 4e, toutes sortes de travaux de rédaction peuvent être proposés : résumé de texte, compte rendu d'une visite, suite de récit, écriture d'une lettre (réelle ou fictive) ou d'une scène de théâtre, construction d'une argumentation… Ces travaux sont **le plus souvent effectués en classe** ; certains, cependant, peuvent prendre la forme de devoirs à faire ou à terminer à la maison. C'est surtout dans ce cas que votre enfant sera amené à solliciter votre aide.

Discuter ensemble, lui donner accès au monde extérieur

La pensée se nourrit d'expériences vécues, de réflexions, de lectures. Les **discussions familiales** constituent à cet égard les moments les plus riches de cette pensée en action.

Par ailleurs, la 4e correspond à un âge où l'adolescent s'intéresse de plus en plus au monde extérieur. Pour **favoriser cette ouverture au monde**, journaux et débats télévisés sont de bons supports. N'hésitez pas également à lui conseiller un magazine ou un site d'informations adaptés à son âge, ou à sélectionner, dans la presse que vous lisez, des articles qui peuvent le concerner.

L'aider à comprendre la consigne

Il est nécessaire d'aider votre enfant à s'approprier la consigne d'un exercice d'écriture en lui demandant **comment il se représente la tâche à accomplir**. Il s'agit de le mettre « en projet » et de lui permettre de comprendre ce qu'on attend exactement de lui.

Travailler dans le temps

Un travail écrit gagne en qualité quand il est repris plusieurs fois, à quelques jours ou – à défaut – à quelques heures d'intervalle. Progressivement, il s'agit pour votre enfant d'apprendre :

- à **relire sa production avec du recul** et à en améliorer le contenu ;
- à **isoler des « erreurs fines »**, telles que les fautes de construction, les répétitions, les tournures familières, etc. ;
- à **repérer des fautes d'orthographe** grammaticale (par exemple, à l'aide d'une grille personnalisée, constituée à partir des erreurs le plus souvent relevées sur ses copies).

Comment utiliser le cahier Chouette Français 4e ?

Conçu par des enseignants expérimentés, ce cahier propose un entraînement méthodique permettant à votre enfant de progresser en français. Ses différentes unités correspondent aux connaissances à acquérir en 4e, notamment dans le domaine de la langue.

La structure des unités de révision

Chaque unité de révision – présentée le plus souvent sur une seule page – comprend **un rappel de cours suivi d'exercices d'application**. La leçon a parfois été scindée en deux pour une meilleure progressivité. En marge des exercices sont proposés des coups de pouce et des conseils.

L'ordre des unités de révision

Le sommaire du cahier suit un ordre thématique, qui ne correspond pas forcément aux besoins de votre enfant. Ne vous obligez donc pas à travailler les unités dans l'ordre, n'hésitez pas à **cibler** celles qui correspondent à des leçons vues en classe ou à des difficultés récurrentes de votre enfant.

Quels livres conseiller à votre enfant ?

Vous souhaitez aider votre enfant à choisir un livre mais vous hésitez, craignant de « mal faire ». En effet, votre enfant doit lire, mais quoi ?
Nous vous proposons ici une liste variée de récits appartenant au genre narratif, à la littérature policière, à la littérature de l'imaginaire ou encore à la bande dessinée et au roman graphique.

Pour explorer différents genres de récits

Des romans animaliers

Croc-Blanc de **Jack London**, 1906

Dans le Grand Nord sauvage et glacé, un jeune loup apprend à lutter pour rester en vie. Un récit d'aventure captivant et une fable sur un monde où la sauvagerie des hommes dépasse parfois celle des animaux.

© Hatier, 2018

Les Fourmis de **Bernard Werber**, 1991
(en version abrégée, Le Livre de poche jeunesse, 2013)

Lorsqu'il entre dans la cave de la maison léguée par un vieil oncle entomologiste, Jonathan Wells est loin de se douter qu'il va à la rencontre d'un monde parallèle, monstrueux et fascinant… celui des fourmis. Un thriller scientifique dont les fourmis sont les personnages principaux.

Des récits de fantasy et de science-fiction

Harry Potter de **J. K. Rowling**, 1997-2007 (7 tomes)

Un jeune apprenti sorcier, Harry Potter, de l'école de sorcellerie Poudlard, est entraîné dans une lutte sans merci contre le mystérieux et terrifiant Lord Voldemort, qui cherche à prendre le pouvoir sur le monde des sorciers.

Ravage de **René Barjavel**, 1943

En 2052, la société est mécanisée à l'extrême : les hommes ne font plus rien sans être assistés par des machines. Mais, subitement, une panne d'électricité vient tout paralyser. Paris étant gagné par la violence, François Deschamps, un jeune étudiant en chimie, décide de quitter la ville. Son objectif : fonder avec ses amis une nouvelle société où les hommes ne seraient plus esclaves des machines.

Les androïdes rêvent-ils de moutons électriques ? de **Philip K. Dick**, 1968

© Éditions J'ai lu, 2014

Dans un futur apocalyptique où seuls les pauvres et quelques marginaux n'ont pas émigré sur Mars, Rick Deckard est chasseur de prime : il démasque les androïdes qui vivent illégalement parmi les humains. Apprenant qu'une forte récompense est proposée à ceux qui supprimeront les androïdes de la dernière génération, il décide de relever le défi…

Des romans policiers

Le Crime de l'Orient-Express **d'Agatha Christie**, 1934

© Le Livre de poche, 2017

Après avoir résolu une affaire en Syrie, le détective privé Hercule Poirot est appelé à rejoindre Londres d'urgence. Après une nuit agitée à bord de l'Orient-Express, il découvre à son réveil que le train est bloqué par la neige en rase campagne, et que l'Américain Ratchett, du compartiment voisin, a été tué de douze coups de couteau. Une enquête délicate commence pour le détective.

Les Quatre Fleuves de **Fred Vargas** et **Edmond Baudoin**, 2000

Toujours campé sur ses rollers, le jeune Grégoire Braban s'adonne au vol à la tire avec son ami Vincent. Ce jour-là, à Saint-Michel, ils arrachent la sacoche d'un homme âgé. Trente mille balles : le gros lot ! Mais la sacoche est lourde de bien autre chose. Une nouvelle enquête du commissaire Adamsberg sous la forme d'un roman graphique.

Des récits historiques

L'Allée du Roi de **Françoise Chandernagor**, 1981

Dans cette autobiographie fictive, la narratrice est Mme de Maintenon qui raconte sa vie. On apprend ainsi comment, née dans une prison de Niort et après avoir passé son enfance aux Antilles, Françoise d'Aubigné devient favorite du Roi-Soleil, puis son épouse secrète. Ce récit très documenté permet de s'immerger dans le siècle de Louis XIV.

Des récits autobiographiques

La Promesse de l'aube de **Romain Gary**, 1960

Romain Gary nous raconte son enfance et sa jeunesse auprès de sa mère, ancienne actrice russe portée par une foi inconditionnelle en son fils. Tandis qu'elle déploie une énergie extravagante pour qu'il connaisse un destin grandiose, Romain est prêt à tout pour faire coïncider sa vie « avec le rêve naïf de celle qu'il aime », et devient effectivement un héros de guerre et un écrivain. Un récit plein d'humour et de tendresse.

Persepolis de **Marjane Satrapi**, 2000-2003

© Marjane Satrapi & L'Associaton, 2000-2003

Dans cette bande dessinée autobiographique, l'auteure retrace son histoire et celle de l'Iran, depuis son enfance vécue à Téhéran, pendant la révolution islamique, jusqu'à son départ en Europe en 1994. À travers son regard acéré et plein d'humour, nous découvrons de l'intérieur son pays et les événements clés qu'il traverse au cours de ces années.

Pour découvrir des classiques du genre romanesque

Des romans réalistes

Le Colonel Chabert d'**Honoré de Balzac**, 1844

© Hatier, 2012

Le colonel Chabert, ancien membre de la garde impériale de Napoléon, rentre à Paris dix ans après la bataille d'Eylau au cours de laquelle il a été déclaré mort. Pourtant bien en vie, il veut récupérer ses biens et sa femme qui s'est remariée et ne veut pas perdre le rang et la fortune que ce second mariage lui a permis d'avoir. Parviendront-ils à se mettre d'accord ?

Les Misérables de **Victor Hugo**, 1862 (en version abrégée, Hatier, « Classiques et Cie Collège », 2012)

© Hatier, 2012

Le roman raconte la vie de Jean Valjean, de sa sortie du bagne jusqu'à sa mort, cherchant à racheter son passé en faisant le bien. Autour de lui, nombre de personnages illustrent la misère d'une époque : les Thénardier, Cosette, Gavroche et bien d'autres. Mais un homme le traque et semble croire que le bagnard ne s'est pas amélioré : l'inspecteur Javert…

Au Bonheur des Dames d'**Émile Zola**, 1883 (en version abrégée, Hatier, « Classiques et Cie Collège », 2013)

Ce roman est un document sur la naissance des grands magasins, mais c'est aussi un roman d'amour. Denise Baudu, venue à Paris pour travailler, se fait embaucher au Bonheur des Dames où elle découvre un univers cruel et mesquin. Elle y fait aussi la connaissance du séduisant directeur du magasin, Monsieur Mouret…

Des récits fantastiques

Le Horla de **Guy de Maupassant**, 1887

Un être mystérieux, venu d'ailleurs, semble contrôler chaque jour un peu plus la vie du narrateur. Celui qui raconte cette expérience est-il fou ou non ? On hésite tout au long de ce texte, présenté sous la forme d'un journal intime.

Dracula de **Bram Stoker**, 1897 (en version abrégée, Hatier, « Classiques et Cie Collège », 2013)

Qui est le comte Dracula ? Un monstre sans cœur ? Quels sont ses pouvoirs maléfiques ? Sa cruauté légendaire pourra-t-elle être enfin neutralisée par Jonathan Harker ? Terreur et mystère sont au rendez-vous dans ce texte fantastique.

La Métamorphose de **Franz Kafka**, 1915

© Gallimard, 2015

Un matin, Gregor Samsa se réveille transformé en un monstrueux insecte. Le voilà contraint de dévoiler sa nouvelle apparence à sa famille, ainsi qu'à son employeur. Tous sont saisis d'horreur et ne comprennent pas que Gregor pense encore comme un humain. La cohabitation sera-t-elle possible ?

NOTES

NOTES

Chouette t'aide à progresser !

4e
13-14 ANS

Français

Hortense Bellamy
Professeure agrégée de lettres modernes

Sandrine Girard
Formatrice en orthographe

Hatier

ISBN : 978-2-401-08503-9

Crédits iconographiques

55 : ph © JIN LIWANG / Xinhua via AFP • **56** : ph © Marko Ristic - stock.adobe.com • **57** : ph © MandicJovan - stock.adobe.com • **60** : ph © Massimiliano - stock.adobe.com • **61** (haut) : ph © Bruxelles Mobilité • **61** (bas) : ph © Courtesy of Pest Control Office, Banksy, London, 2006 • **63** (A) : ph © Juliaap - stock.adobe.com • **63** (B) : ph © MandicJovan - stock.adobe.com • **63** (C) : ph © onephoto - stock.adobe.com • **63** (D) : ph © yanlev - stock.adobe.com

Édition : Anaïs Goin
Maquette : Studio Favre & Lhaïk
Illustrations : Juliette Baily, Stéphanie Lezziero, Patrick Morize (dessins de la chouette)
Mise en pages : STDI
Iconographie : Hatier Illustration

PAPIER À BASE DE FIBRES CERTIFIÉES

Hatier s'engage pour l'environnement en réduisant l'empreinte carbone de ses livres. Celle de cet exemplaire est de : 500 g éq. CO_2
Rendez-vous sur www.hatier-durable.fr

IMPRIM'VERT Votre imprimeur agit pour l'environnement

Achevé d'imprimer en France par IPS à Pacy-sur-Eure
Dépôt légal n°08503-9/02 - Novembre 2022

TON TABLEAU DE BORD

Reporte la date à laquelle tu as fini chaque chapitre et coche la case qui correspond à ton résultat.

ORTHOGRAPHE

VOCABULAIRE

LECTURE ET EXPRESSION ÉCRITE

BILAN

EN COMPLÉMENT

Les mémos

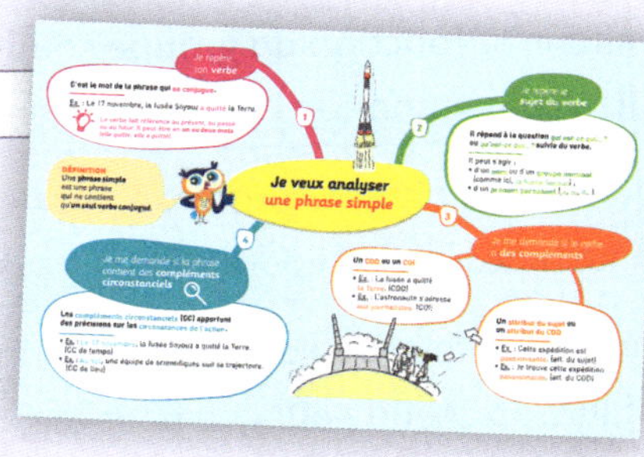

> dans les rabats de couverture

- Trouver la nature d'un mot
- Analyser une phrase simple
- Éviter les fautes d'accord
- Écrire un récit au passé
- Réussir sa rédaction
- Natures et fonctions grammaticales

> à la fin du cahier

- Les principaux homophones grammaticaux

Le livret des corrigés

> au centre du cahier

- Tous les **CORRIGÉS** des exercices, avec des explications
- Des informations « spécial parents »
- Des conseils de lecture

ENTRAÎNE-TOI AUSSI SUR LE SITE

hatier-entrainement.com avec :

des **exercices** interactifs
classés par thème du programme

> Flashe ce QRcode pour accéder au site :

Test

Pour bien démarrer ton entraînement…

1. Réponds aux questions du test.
2. Utilise le corrigé page 2 du livret pour vérifier tes réponses.
3. En cas d'erreur, entoure le n° du chapitre : il est à réviser en priorité.

GRAMMAIRE

		CHAPITRE
1	**Parmi ces déterminants, lesquels sont des articles ?** ❏ mon ❏ le ❏ une ❏ de la ❏ votre ❏ ces ❏ quelle ❏ des ❏ deux	1 p. 8
2	**Coche les pronoms dans la liste ci-dessous.** ❏ des ❏ elle ❏ y ❏ celui ❏ ces ❏ ton ❏ le nôtre ❏ personne ❏ qui	2 p. 9
3	**Combien d'expansions enrichissent le nom souligné ?** ❏ 1 ❏ 2 ❏ 3 ❏ 4 Riche musée, le magnifique <u>château</u> de Fontainebleau reçoit des milliers de visiteurs.	3 p. 10
4	**Dans la phrase suivante, encadre le sujet et souligne l'attribut du sujet.** Ce parc animalier est ouvert toute l'année.	6 p. 13
5	**Indique la fonction du groupe souligné dans la phrase ci-dessous.** Le serveur tend une pile d'assiettes <u>à son collègue</u>. ❏ COD ❏ COI ❏ complément circonstanciel	7 p. 14
6	**Indique la fonction du groupe souligné dans la phrase ci-dessous.** Julie a passé son bac <u>l'année dernière</u>. ❏ COD ❏ COI ❏ CC	8 p. 15
7	**Dans cette phrase complexe, les deux propositions sont :** ❏ juxtaposées. ❏ coordonnées. ❏ subordonnées. Maxime a dit à son collègue qu'il l'appréciait.	9 p. 16
8	**Indique la fonction de la subordonnée circonstancielle soulignée.** Il fait trop chaud <u>pour que nous allions nous promener</u>. CC de ❏ but ❏ temps ❏ conséquence	12 p. 19

CONJUGAISON

		CHAPITRE
9	**Complète les phrases en conjuguant les verbes en couleur au présent de l'indicatif.** Zoé (résoudre) .... le problème. • Sarah (peindre) .... des vitraux.	13 p. 20
10	**Choisis la forme qui convient.** Le repas fini, je me ❏ levais ❏ levai brusquement de table.	16 p. 23
11	**Parmi ces formes verbales, lesquelles sont conjuguées au conditionnel présent ?** ❏ crierais ❏ ferai ❏ rendrait ❏ voudrons ❏ choisirions	18 p. 25
12	**Avec quelle forme faut-il compléter la phrase ci-dessous ?** Pour qu'Oscar me ❏ voit ❏ voie ❏ vois sur le quai de la gare, j'ai mis un foulard rouge.	19 p. 26
13	**Transforme cette phrase active en phrase passive.** Ce journal satirique dénonce la corruption de certains politiciens. →	20 p. 27
14	**Réécris la phrase suivante en utilisant une construction impersonnelle.** Respecter les lois semble indispensable. →	22 p. 29

ORTHOGRAPHE

		CHAPITRE
15	**Dans cette phrase, accorde les adjectifs comme il convient.** Illuminé. . . . . dès que la nuit tombe, cette église romane. . . . . au toit de tuiles rouge. . . . . brique. . . . . est impressionnant.	23 p. 30
16	**Choisis le participe passé qui convient dans chaque cas.** a. J'ai ❑ cueilli ❑ cueillis ❑ cueillies des cerises pour le goûter. b. Les cerises que j'ai ❑ cueilli ❑ cueillis ❑ cueillies sont bien mûres.	25 p. 32
17	**Dans la phrase suivante, repère le mot mal orthographié et corrige-le.** Si l'humanité continut d'émettre des gaz à effet de serre, les scientifiques n'excluent pas une catastrophe climatique.	27 p. 34
18	**Choisis la forme qui convient.** Mon ami est parti et ne ❑ c'est ❑ s'est même pas retourné.	29 p. 36
19	**Complète la phrase suivante avec *quelle* ou *qu'elle*.** . . . . mauvaise nouvelle ta mère a-t-elle reçue aujourd'hui, alors . . . . était au travail ?	30 p. 37

VOCABULAIRE

		CHAPITRE
20	**Dans les mots suivants, souligne le radical, encadre le préfixe en vert et le suffixe en bleu.** INAVOUABLE TRANSPORTER	31 p. 38
21	**Complète la définition suivante en cochant la bonne réponse.** Chercher l'origine d'un mot, c'est chercher : ❑ son étymologie. ❑ son orthographe. ❑ sa forme au singulier.	33 p. 40
22	**Complète les définitions suivantes avec les adjectifs *voisins*, *différents* ou *contraires*.** a. Des synonymes sont des mots de sens . . . . b. Des antonymes sont des mots de sens . . . . c. Des homonymes sont des mots de sens . . . . mais qui se prononcent de la même façon.	35 p. 42

LECTURE ET EXPRESSION ÉCRITE

		CHAPITRE
23	**Reformule cette phrase interrogative dans le registre de langue soutenu.** Est-ce que t'as lu ce livre ? →	37 p. 44
24	**Réécris la seconde phrase en évitant la répétition des groupes de mots soulignés.** Ma sœur ne connaît pas la méthode pour repérer une infox. Je parle à ma sœur de cette méthode. →	38 p. 46
25	**Quelle phrase est extraite d'un texte documentaire ? d'un récit ? Coche la bonne réponse.** a. Nathan avait la gorge nouée sous l'effet de l'angoisse. Il prit son courage à deux mains et s'avança. ❑ documentaire ❑ récit b. Une gorge ou canyon est un passage encaissé entre deux reliefs qui résulte de l'érosion de la roche sous l'effet de l'eau. ❑ documentaire ❑ récit	42 p. 54

1 Reconnaître un déterminant

GRAMMAIRE

Quels sont les différents déterminants ?

- On appelle **déterminant** un mot qui **introduit un nom** et qui forme avec ce nom le **groupe nominal** (GN) minimal.
- Un déterminant peut être de différentes **natures**.

Les déterminants

- articles
  - définis (le, la, les)
  - indéfinis (un, une, des)
  - partitifs (du, de la, de l')
- dét. possessifs (mon, ma, mes, ton, ta, tes…)
- dét. démonstratifs (ce, cet, cette, ces)
- dét. indéfinis (aucun, quelques, chaque)
- dét. interrogatifs (quel, quelle, quels, quelles)
- dét. numéraux (un, deux… ; premier, deuxième…)

1 Complète les phrases avec le déterminant qui convient, puis indique sa nature.

1. Erwan a mal à (la, sa, une) ..la.. tête.
→ Nature : ~~dét~~ articles définis

2. Les étudiants s'interrogent sur (un, leur, quel) ..leur.. avenir.
→ Nature : dét. possessifs

3. (Cet, Cette, Sept) ..Cette.. atmosphère est irrespirable.
→ Nature : dét. démonstratif

ATTENTION !
En changeant le pronom sujet, tu dois aussi changer quatre déterminants.

2 Réécris la phrase suivante en remplaçant *il* par *ils*.

Il avait mis ses affaires dans un sac : son pique-nique, sa serviette et ses baskets.

→ Ils avaient mis ~~ses~~ leurs affaires dans un sac : leur pique-nique, leurs serviettes et leurs baskets.

3 Lis le texte, encadre tous les déterminants, puis surligne-les dans la couleur qui convient.

(jaune)	article défini	(vert)	article indéfini
(rouge)	dét. possessif	(bleu)	dét. indéfini
(orange)	dét. démonstratif	(violet)	dét. numéral

La scène se passe à Rome, à l'époque de César.

Flaminius sursauta : dix individus sortaient d'un buisson en poussant de grands cris. C'étaient des colosses armés de gourdins. Il se mit sur pied et se défendit comme il put, mais, malgré sa vigueur, il ne pouvait rien contre cette troupe. Plusieurs coups dans l'estomac lui coupèrent le souffle, d'autres sur la tête lui firent perdre connaissance.

D'après Jean-François Nahmias, *Titus Flaminius, La Fontaine aux vestales* © Albin Michel, 2003.

COUP DE POUCE
Tu dois trouver dix déterminants, dont trois articles indéfinis.

CORRIGÉS P. 2

GRAMMAIRE

2 Reconnaître un pronom

À quoi sert un pronom ?

- Un pronom se substitue le plus souvent à un **nom**.
  J'aime bien Léo ; je **l'**ai invité à ma fête.
- Mais il peut aussi remplacer :
  - un **adjectif** ; Ma sœur est grande, je **le** suis aussi.
  - un **infinitif** ; Tricher, **c'**est interdit et inutile.
  - une **proposition**. Il n'est pas content ; je **le** sais.

★ 1 Dans chaque phrase, souligne le ou les pronom(s) qui remplace(nt) le groupe de mots en couleur.

1. Ces livres m'appartiennent, mais je te les prête volontiers.
2. Sam est très sportif, je le suis beaucoup moins.
3. Je suis allée voir le film dont tu m'as parlé.
4. Les candidats attendent le résultat de l'examen : certains sont anxieux tandis que d'autres semblent confiants.

Quels sont les différents pronoms ?

- Un pronom peut être de différentes **natures**.

Les pronoms
- personnels (je, tu, il… ; me, te, se… ; le, les, lui, leur…)
- démonstratifs (celui, celle, ceux, ce…)
- possessifs (le mien, le tien, le sien, les miens…)
- relatifs (qui, que, quoi, dont, où, lequel…)
- interrogatifs (qui, que, quoi, lequel, laquelle…)
- indéfinis (personne, certains, chacun…)

★★ 2 Dans le texte, les pronoms sont encadrés : surligne-les dans la couleur qui convient.

pronom personnel	pronom relatif
pronom démonstratif	pronom indéfini

Le narrateur assiste à une ronde d'enfants.

Les petites filles se levèrent de l'escalier et dansèrent une danse singulière qui m'a rappelé celle des filles grecques dans les îles. Elles se mettent toutes, – comme on dit chez nous – *à la queue leleu* ; puis un jeune garçon prend les mains de la première et la conduit en reculant, pendant que les autres se tiennent les bras, que chacune saisit derrière sa compagne. Cela forme un serpent qui se meut d'abord en spirale, et ensuite en cercle, et qui se resserre de plus en plus autour de l'auditeur, obligé d'écouter le chant, et quand la ronde se resserre, d'embrasser les pauvres enfants, qui font cette gracieuseté à l'étranger qui passe.

Gérard de Nerval, *Les Filles du feu* (1854).

INFO
On est un pronom personnel quand il équivaut à *nous*.

CORRIGÉS P. 2

GRAMMAIRE

3 Analyser un groupe nominal

Quels éléments constituent un groupe nominal ?

- Un groupe nominal (**GN**) est composé au minimum d'un **déterminant** et d'un **nom**.

  le cahier ; une trousse ; ce stylo.

- Ce groupe peut être enrichi par des **expansions**, qui apportent des précisions sur le nom ou le GN. Ces expansions peuvent avoir **différentes fonctions**.

Épithète	expansion placée à côté du nom une trousse **neuve**
Complément du nom	expansion reliée au nom par une préposition une trousse **en tissu**
Apposition	expansion du GN, en construction détachée **Déchirée**, cette trousse est hors d'usage.

1 Lis le texte, puis réponds aux questions.

Ils se turent et méditèrent là-dessus, dans un silence entamé seulement d'[un étrange **bruit** haché, monocorde et répétitif]. Dans [un premier temps], ce bruit fut une énigme de plus, puis ils comprirent qu'il s'agissait d'[un chœur de grenouilles]. L'étang devait héberger des centaines, des milliers de grenouilles et, avec [la tombée de la nuit], toutes avaient refait surface. Le concert ainsi produit était totalement impénétrable, indéchiffrable, insondable…

D'après Lemony Snicket, *Les Désastreuses Aventures des orphelins Baudelaire*, t. XII, trad. Rose-Marie Vassalo © Nathan, 2006.

a. Dans chaque GN entre crochets, encadre le nom et souligne ses expansions.

b. Indique la nature et la fonction des expansions du nom *bruit*.

....

2 Complète le texte à l'aide des expansions ci-dessous.

merveilleuse | grandes | parfaits | exquise | marquée | du corps | de l'artiste

Le narrateur vient de découvrir une étrange statue de Vénus.

C'était bien une Vénus, et d'une .... beauté. Elle avait le haut .... nu, comme les anciens représentaient d'ordinaire les .... divinités. Ce qui me frappait surtout, c'était l'.................... vérité des formes, en sorte qu'on aurait pu les croire moulées sur nature, si la nature produisait d'aussi .... modèles. Quant à la figure, ce n'était point cette beauté calme et sévère des sculpteurs grecs. Ici, au contraire, j'observais avec surprise l'intention .... de rendre la malice arrivant jusqu'à la méchanceté.

D'après Prosper Mérimée, *La Vénus d'Ille* (1837).

COUP DE POUCE
Observe les terminaisons des adjectifs : les accords t'aident à les placer au bon endroit.

CORRIGÉS P. 3

GRAMMAIRE

4 Reconnaître et analyser une apposition

Comment reconnaît-on une apposition ?

- L'apposition est une **expansion du groupe nominal** séparée du GN ou du pronom auquel elle se rapporte par une virgule, un deux-points ou un tiret.
- L'apposition fournit une **information supplémentaire** sur ce GN ou ce pronom.
- Placée **avant ou après** le mot ou le groupe de mots auquel elle se rapporte, elle peut être déplacée et même supprimée sans que la phrase devienne incorrecte.

1 Dans ce texte, souligne toutes les appositions.

Passepartout est chargé de faire des courses dans la ville indienne d'Allahabad.

Tout en faisant ses emplettes, Passepartout eut bientôt vu la ville, autrefois défendue par un fort magnifique [...]. Plus de commerce, plus d'industrie dans cette cité, jadis industrielle et commerçante. Passepartout, qui cherchait vainement un magasin de nouveautés, [...] ne trouva que chez un revendeur, vieux juif difficultueux, les objets dont il avait besoin, une robe en étoffe écossaise, un vaste manteau et une magnifique pelisse en peau de loutre [...]. Puis, tout triomphant, il retourna à la gare.

D'après Jules Verne, *Le Tour du monde en 80 jours* (1872).

COUP DE POUCE

Tu dois trouver sept appositions.

Quelle est la nature d'une apposition ?

- L'apposition peut être :
  - un nom ou un GN ;
    Paris, **ville d'Île-de-France**, est la capitale du pays.
  - un adjectif ou un participe ;
    Tranquille, la Seine traverse Paris.
  - une proposition subordonnée relative.
    Le pont, **qui était éclairé**, enjambait le fleuve.

Illuminée, la cathédrale se voit de loin.

2 Choisis dans la liste l'apposition qui peut apporter une information sur le nom ou le GN en couleur. Réécris la phrase en conséquence.

- emblème de la France
- ayant perdu son indépendance
- catastrophe naturelle
- célèbre dramaturge

1. La canicule est une période de très forte chaleur.

....

2. Le drapeau tricolore est hissé sur les édifices publics.

....

3. La Gaule devint une province qui faisait partie de l'Empire romain.

....

4. Molière fait de la comédie un lieu de débats de société.

....

INFO

L'apposition peut être à droite ou à gauche du nom auquel elle se rapporte.

CORRIGÉS P. 3

5 GRAMMAIRE Identifer une phrase simple

Qu'est-ce qu'une phrase simple ?

- Une phrase est un ensemble de mots qui a un **sens complet**.
À l'écrit, elle commence par une **majuscule** et se termine par un **point**.
La nuit tombe. Les marchands ferment boutique.
- Une phrase verbale simple comporte **un seul verbe conjugué** et un sujet qui lui est propre. Elle forme une proposition indépendante.
Les marchands (sujet) **ferment** (verbe) boutique.

Il existe aussi des phrases simples non verbales :
Quel ciel magnifique !

1 Avec tous les mots qui suivent, forme une phrase simple.

et | fraîche | immense | la nuit | le paysage | s'étend | sereine | sur

....

....

ATTENTION !
Demande-toi d'abord quel est le thème de la phrase.

2 Délimite les phrases simples dans ce texte, puis réécris-le en rétablissant les majuscules et les points manquants.

Jean de La Fontaine naît le 8 juillet 1621 à Château-Thierry, un an à peine avant Molière son père possède une charge de maître des eaux et forêts il grandit donc dans un cadre champêtre ses premières œuvres sont des échecs à 47 ans, il publie son premier recueil de fables La Fontaine fréquente alors le Tout-Paris littéraire il s'éteint en 1695 après une vie bien remplie

....

....

....

....

....

3 a. Dans ce texte, souligne les verbes conjugués.

Dans ce récit qui se déroule à l'époque de la Ruée vers l'or (1848-1856), Suter est le premier à découvrir de l'or en Californie. Mais ses terres sont dévastées par les autres chercheurs.

Suter s'est retiré dans son Ermitage. Il a ramené ce qu'il a pu de ses troupeaux. Malgré les événements, ses vignobles, ses vergers semblent bénis. Il pourrait encore exploiter tout cela, car il y a dans la contrée disette de vivres, et la nuée des chercheurs d'or est plus d'une fois menacée de famine. Mais Suter n'a plus le cœur à l'ouvrage. Ses employés les plus fidèles, ses hommes de confiance l'ont abandonné. Il n'y a plus de bras pour les cultures. Il n'y a pas un seul berger. Il laisse faire. Il ne fait rien.

D'après Blaise Cendrars, *L'Or* © 1960, 2001, Éditions Denoël. Extraits tirés du volume 2 de « Tout autour d'aujourd'hui », Nouvelle édition des œuvres complètes de Blaise Cendrars dirigée par Claude Leroy.

b. Mets les phrases simples entre crochets.

COUP DE POUCE
Pour chaque phrase mise entre crochets, vérifie que tu as un seul verbe conjugué et un point à la fin.

CORRIGÉS P. 3

6 GRAMMAIRE
Reconnaître un sujet, un attribut du sujet

Comment reconnaître un sujet ?

- Pour repérer le sujet d'un verbe, on peut **poser la question** qui est-ce qui... ? ou qu'est-ce qui... ? + verbe.

  Avant de rédiger *Les Misérables*, [Victor Hugo] (sujet) **visite** (verbe) le bagne de Toulon.

- Le sujet est le plus souvent un nom, un GN ou un pronom. Il est généralement **placé avant le verbe**, mais il peut aussi être **inversé** ou **séparé du verbe** par un pronom.

  [La mort accidentelle de sa fille] (sujet) le **plonge** (verbe) dans une douleur extrême.

★ 1 Dans chaque phrase, souligne le verbe et encadre le sujet.

1. Les musiciens s'installent sur la scène.
2. Nous les entendons accorder leurs instruments.
3. Près de la maison passe désormais une route très fréquentée.
4. Pourras-tu fermer la fenêtre avant de partir ?

COUP DE POUCE
Prends garde à bien encadrer tout le groupe sujet dans la phrase **3**.

Qu'est-ce qu'un attribut du sujet ?

- L'attribut du sujet caractérise le sujet par l'intermédiaire d'un **verbe d'état**, c'est-à-dire le verbe *être* ou un verbe équivalent (paraître, sembler, rester, devenir...).

  [Le chat] (sujet) paraît (v. d'état) **détendu**. (att. du sujet)

- C'est le plus souvent un **adjectif** (détendu), mais il peut aussi s'agir :
  - d'un **nom** ou d'un **GN** ; [Le chat] est **un félin**.
  - d'un **pronom** ; Détendu, [il] **l'**est !
  - d'un **infinitif**. [Son occupation favorite] est de **paresser** au soleil.

★★ 2 Pour chaque verbe d'état en couleur, encadre le sujet et souligne l'attribut du sujet.

Zézé, enfant battu, a trouvé un ami : Portugâ. Zézé voudrait que son ami l'adopte.

– On ne peut pas choisir son père avant sa naissance. Mais si j'avais pu, je t'aurais voulu toi.

– C'**est** vrai, Moustique ?

– Je peux le jurer. Et puis, je **serai** une bouche de moins à nourrir. Je te promets que je ne dirai plus de gros mots. Je cirerai tes chaussures, je soignerai les oiseaux. Je **serai** le meilleur élève de l'école. Je ferai tout très bien. À la maison, tout le monde **serait** fou de joie si on me donnait.

D'après José Mauro de Vasconcelos, *Mon bel oranger* © 1971, Éditions Stock pour la traduction française d'Alice Raillard.

CORRIGÉS P. 4

7 GRAMMAIRE

Distinguer un COD d'un COI

Quels sont les différents compléments d'objet ?

- Un complément d'objet **complète le sens du verbe.** On ne peut pas le supprimer.
  Le moustique pique **la fillette**.
  (la fillette : COD)
- Le **COD** complète le verbe **directement, sans préposition.**
  Amélie achète **tous ses pantalons** chez Raza.
  (tous ses pantalons : COD)
- Le **COI** complète le verbe **indirectement, avec une préposition** (*à*, *de*).
  Benoît pense **à** **ses prochaines vacances**.
  (à ses prochaines vacances : COI)
  On prête la tondeuse **aux** **voisins** ?
  (la tondeuse : COD ; aux voisins : COI)

1 **a. Complète les proverbes avec les GN suivants.**

un bœuf · de l'eau · sa monture · un œuf

1. Qui veut voyager loin, ménage .... (...............)
2. Qui vole .... vole .... (...............)
3. Méfiez-vous .... qui dort. (...............)

b. Indique, dans les parenthèses, s'il s'agit d'un COD ou d'un COI.

2 **a. Lis le texte et souligne en bleu les COD des verbes en couleur.**

Julien est passeur au bord d'un fleuve. Un jour, un étrange individu monte dans sa barque.

Dès qu'il entra dans la barque, elle enfonça prodigieusement, écrasée par son poids ; une secousse la **remonta** et Julien se mit à ramer. À chaque coup d'aviron, le ressac des flots la **soulevait** par l'avant. [...] Julien **penchait** son corps, **dépliait** les bras et, s'arc-boutant des pieds, se renversait avec une torsion de la taille, pour **avoir** plus de force. La grêle **cinglait** ses mains, la pluie coulait dans son dos, la violence de l'air l'**étouffait**, il s'arrêta.

D'après Gustave Flaubert, *Trois Contes*, « La légende de saint Julien l'Hospitalier » (1877).

b. Souligne en vert un COI avec la préposition qui l'introduit.

COUP DE POUCE
Le COD peut être un pronom placé avant le verbe.

3 **Réécris au brouillon le passage en couleur, en remplaçant les pronoms personnels compléments d'objet *le* et *lui* par les mots qu'ils représentent.**

Marcel vient d'entrer en 6e dans un lycée marseillais. Bernier est l'un de ses camarades.

Un matin, Bernier me fit un clin d'œil et tira de sa poche un tube d'argent dont il dévissa le capuchon. Cet appareil s'appelait « un stylographe » ; **son père le lui avait rapporté d'Angleterre**. Il me montra son fonctionnement. Il ne réussit qu'à lancer un jet d'encre indélébile sur son magnifique cahier neuf.

D'après Marcel Pagnol, *Le Temps des secrets*, éditions de Fallois, © Marcel Pagnol, 2004.

CORRIGÉS P. 4

GRAMMAIRE

8 Reconnaître un complément circonstanciel

Le plus souvent, le CC peut être supprimé et déplacé.

Qu'est-ce qu'un complément circonstanciel ?

- Un complément circonstanciel (CC) apporte une information sur les **circonstances** du fait rapporté dans la phrase. Selon le cas, il exprime le temps, le lieu, le moyen, la manière, la cause, le but, la conséquence…

  Pendant la nuit, l'astronome a observé les étoiles.
  (Pendant la nuit : CC de temps)

- Dans une phrase simple, un complément circonstanciel est en général un nom, un GN ou un pronom, introduit **directement** (sans préposition) ou **indirectement** (avec préposition).

  Cet après-midi, je partirai me promener avec les chiens.
  (Cet après-midi : GN ; avec : prép. ; les chiens : GN)

1 Souligne le complément circonstanciel dans chaque phrase et précise son sens.

	Cause	Conséq.
1. En raison des circonstances, il ne pourra pas se joindre à nous.	❏	❏
2. Sam a mangé des bonbons à s'en rendre malade.	❏	❏
3. Julia a gagné le match grâce à un entraînement régulier.	❏	❏

INFO
Un CC de cause indique l'origine d'un fait ; un CC de conséquence indique son effet.

2 a. Lis le texte, puis souligne les différents compléments circonstanciels.

Naufragé sur une île déserte du Pacifique baptisée « Speranza », Robinson établit un règlement pour occuper sa solitude.

Article 1er : Robinson Crusoé, né à York, le 19 décembre 1737, est nommé gouverneur de l'île de Speranza, située dans l'océan Pacifique, entre les îles Juan Fernandez et la côte orientale du Chili. En cette qualité, il a tous pouvoirs pour légiférer sur l'ensemble du territoire.

Article 2 : Les habitants de l'île sont tenus de penser à haute voix. […]

Article 4 : Le dimanche est chômé. À dix-neuf heures, le samedi, tout travail doit cesser dans l'île, et les habitants doivent revêtir leurs meilleurs vêtements pour le dîner. Le dimanche matin, à dix heures, ils se réuniront dans le temple pour la prière.

Michel Tournier, *Vendredi ou la Vie sauvage* (1971) © Éditions Gallimard, 1977.

COUP DE POUCE
« En cette qualité » signifie *du fait de cette qualité*.

b. Complète chaque case du tableau avec au moins un complément circonstanciel.

CC de temps	…………………………………
CC de lieu	…………………………………
CC de manière	…………………………………
CC de cause	…………………………………
CC de but	…………………………………

CORRIGÉS P. 4

GRAMMAIRE

9 Identifier une phrase complexe

Qu'est-ce qu'une phrase complexe ?

- Une phrase complexe contient au moins **deux verbes conjugués**. Elle est donc constituée d'au moins **deux propositions**.
- Ces deux propositions peuvent être :
  - **juxtaposées** (séparées par une virgule, un point-virgule ou un deux-points) ;
    [Il fait très beau] **:** [il se promène].
  - **coordonnées** (reliées par une conjonction de coordination ou un adverbe) ;
    [Il fait très beau] **donc** [il se promène].
  - **subordonnées** (reliées par un mot subordonnant, comme une conjonction de subordination ou un pronom relatif).
    [Il se promène] **parce qu'**[il fait très beau].

1 Transforme comme indiqué les couples de phrases simples en phrases complexes.

1. Les oiseaux chantent. Le printemps est là. (coordination)
→ ....
2. Le réveil sonne. Je me lève. (juxtaposition)
→ ....
3. Le chat est parti. Les souris dansent. (subordination)
→ ....

COUP DE POUCE
3. Tu peux utiliser la conjonction de subordination *dès que* ou *une fois que*.

2 Dans chaque phrase, souligne les verbes conjugués puis complète le tableau.

1. Lisa s'assit à sa table, prit du papier et une plume. • 2. Plus d'une fois, elle commença une phrase puis déchira la feuille. • 3. Le lendemain, aussitôt qu'elle aperçut Hermann par la fenêtre, elle ouvrit le vasistas. • 4. Elle jeta la lettre dans la rue, comptant bien que le jeune homme ne la laisserait pas s'égarer. • 5. En effet, Hermann la ramassa aussitôt et entra dans une boutique de confiseur pour la lire.

D'après Alexandre Pouchkine, *La Dame de pique* (1834), trad. Prosper Mérimée.

Phrase	Nombre de propositions	Mot ou signe reliant les propositions	Juxtaposition, coordination ou subordination ?
1	....	....	....
2	....	....	....
3	....	....	....
4	....	....	....
5	....	....	....

COUP DE POUCE
Dans deux phrases, les propositions sont subordonnées.

CORRIGÉS P. 5

10 GRAMMAIRE

Les subordonnées relatives

Qu'est-ce qu'une subordonnée relative ?

- La proposition subordonnée relative **complète en général un nom, un GN ou un pronom.**

  La grande [maison] [**qui** est au coin de la rue] est une construction récente.

- Elle est introduite par un **pronom relatif** (qui, que, quoi, dont, où, lequel…) qui remplace le mot complété, appelé **antécédent**.

  L'[immeuble] [**que** tu vois là-bas] va être démoli.
  antécédent

- Le pronom relatif composé *lequel* prend **le genre et le nombre de son antécédent**.

  La [maison] [dans **laquelle** j'ai grandi] n'existe plus.

1 Utilise une subordonnée relative pour éviter la répétition du mot en couleur.

1. Je me promène souvent dans cette rue. J'ai passé mon enfance dans cette rue.

→ ……………………………………………………………………………………………

2. Ce musée est menacé de fermeture. Les tableaux de ce musée sont remarquables.

→ ……………………………………………………………………………………………

3. Nous avons rencontré un musicien extraordinaire. Ce musicien donne un concert ce soir.

→ ……………………………………………………………………………………………

4. L'association organise une collecte de fonds. Je participerais volontiers à cette collecte.

→ ……………………………………………………………………………………………

COUP DE POUCE
Vérifie que tu as utilisé le pronom *dont*.

2 a. Mets entre crochets les trois propositions subordonnées relatives que contient le texte.

Le jeudi suivant, de bon matin, le père de Bacaillé, accompagné de son fils, partit à la foire de Baume. Sur le devant de la voiture à laquelle on avait attelé Bichette, la vieille jument, ils s'installèrent sur une botte de paille disposée en travers ; en arrière, sur une litière fraîche, tout le corps dans un sac serré en coulisse autour de son cou, un petit veau de six semaines montrait sa tête étonnée. Le père Bacaillé, qui l'avait vendu au boucher de Baume, profitait de l'occasion qu'offrait la foire pour le conduire à son acquéreur.

Louis Pergaud, *La Guerre des boutons* (1912).

b. Souligne les pronoms relatifs et encadre leur antécédent.

3 Rétablis les pronoms relatifs manquants.

J'ai plusieurs copains : celui ……………………… je m'entends le mieux est Noah ; Léo, ………… les autres n'apprécient pas trop, est très fort en maths ; Edgar, ………………… les parents sont acteurs, est très timide. Tous les trois sont vraiment des garçons …………………… on peut compter.

CORRIGÉS P. 5

11 GRAMMAIRE

Les subordonnées complétives

Qu'est-ce qu'une proposition subordonnée complétive ?

- Une subordonnée complétive occupe une fonction essentielle dans la phrase complexe : on ne peut pas la supprimer. Le plus souvent, elle est **COD**.

  Mathis [veut] [que tu le retrouves devant le gymnase].
  subordonnée complétive COD de *veut*

1 Mets entre crochets les propositions subordonnées qui complètent les verbes encadrés.

Gustave Eiffel a conclu un pacte avec les ouvriers de la tour : ils peuvent, s'ils le souhaitent, continuer à travailler avec lui pour élever le monument au-delà des 300 mètres prévus.

Peu à peu, nous [prenions conscience] que la construction de la tour Eiffel ne serait jamais terminée, maintenant nous nous [expliquions] pourquoi l'ingénieur avait exigé ce piédestal démesuré, ces quatre pattes de fer cyclopéennes qui semblaient absolument disproportionnées.

D'après Dino Buzzati, *in Le K* (1966), « La tour Eiffel »,
trad. Jacqueline Remillet © Éditions Robert Laffont, 1967.

COUP DE POUCE
Repère les mots subordonnants *que* et *pourquoi.*

Quels sont les deux types de propositions complétives ?

- La subordonnée complétive **conjonctive** est introduite par ***que***. Le verbe qu'elle complète peut exprimer une perception (voir…), une déclaration (dire…), un jugement (penser…) ou encore une volonté (vouloir…), un sentiment (craindre…).

  Je [sais] [**qu'**il est là] ; je [veux] [**qu'**il sorte].

- La subordonnée complétive **interrogative indirecte** est introduite par un **mot interrogatif** (si, qui, quand, quel…). Elle complète un verbe qui exprime l'interrogation ou l'ignorance (demander, ne pas savoir…).

  Madame Boulanger [se demande] [**si** sa fille viendra dîner].

2 Quelles phrases comportent une subordonnée conjonctive ? Coche-les.

- ❑ **1.** Emma croit que tu penses encore à elle.
- ❑ **2.** Je ne veux pas que tu viennes.
- ❑ **3.** Je ne suis plus celui que tu as connu.
- ❑ **4.** Qu'as-tu pensé du film ?

ATTENTION !
Ne confonds pas la conjonctive avec la subordonnée relative.

3 Transforme les interrogations directes en subordonnées interrogatives indirectes.

1. Es-tu passé prendre le pain ?

→ Je me demande ....

2. Qu'est-ce que vous en concluez ?

→ Je me demande ....

CORRIGÉS P. 5

12 GRAMMAIRE
Les subordonnées circonstancielles

Quelles sont les différentes subordonnées circonstancielles ?

Circonstance exprimée	Mot subordonnant	Exemple
temps	quand, lorsque, pendant que, avant que (+ subj.), après que, au moment où…	[**Au moment où** il part], le téléphone retentit.
cause	parce que, puisque, comme, étant donné que…	Il se réjouit [**parce qu'**il a réussi].
conséquence	de sorte que, si bien que, si… que, tellement… que…	Il s'est **tellement** entraîné [**qu'**il est arrivé en tête].
but	pour que… (+ subj.), afin que… (+ subj.)	Je sonne [**pour qu'**on m'ouvre].
comparaison	comme, de même que, autant que…	Cet enfant s'exprime [**comme** le ferait un adulte].

Il se réjouit parce qu'il a réussi.

1 Dans chaque phrase, mets entre crochets la subordonnée circonstancielle. Souligne le mot subordonnant.

1. Nous resterons ensemble jusqu'à ce que tes parents soient rentrés.
2. Comme Zina a peur du noir, sa mère a installé une veilleuse dans sa chambre.
3. J'ajoute du basilic dans la sauce pour qu'elle ait plus de goût.

2 Dans ce texte, mets entre crochets les cinq propositions subordonnées circonstancielles. Colorie chacune dans la couleur qui convient.

- cause (jaune)
- temps (rouge)
- comparaison (violet)
- conséquence (vert)
- but (bleu)

Comme j'étais frêle et maladif, mes parents n'avaient pas voulu m'envoyer à l'école. Ma mère m'avait seulement appris à lire et à écrire... On avait si peur de mon père qu'à table, nous demandions du pain à voix basse et, pour qu'il n'ait aucune raison de s'énerver, nous ne pleurions pas devant lui. Aussi, dès qu'il était parti, ce n'était qu'un sanglot, d'un bout de la maison à l'autre... Mon frère Jacques avait de surcroît le don des larmes. Il pleurait comme on se mouche, plus souvent, voilà tout.

D'après Alphonse Daudet, *Le Petit Chose* (1868).

3 Transforme chaque couple de phrases simples en une phrase complexe contenant une proposition subordonnée circonstancielle.

1. Il fait froid. Elle reste au coin du feu. (conséquence)

→ ....

2. Elle vernit son meuble. Il ne s'abîmera pas. (but)

→ ....

ATTENTION ! Tu dois employer des conjonctions de subordination et non de coordination.

CORRIGÉS P. 6

13

CONJUGAISON

L'indicatif présent : cas particuliers

À quels verbes du 3e groupe faut-il faire particulièrement attention ?

- ***Vouloir, pouvoir, valoir*** aux 1re et 2e personnes du singulier.
  je veux, tu veux • je peux, tu peux • je vaux, tu vaux
- Les verbes en -dre aux trois personnes du singulier.
  je prends, tu prends, il prend (prendre)

Remarque. Note que les verbes en -indre et -soudre, eux, perdent le *d*.
je peins, tu peins, elle peint (peindre) • je résous, tu résous, il résout (résoudre)

COUP DE POUCE
Mets ces verbes au présent et compare leurs terminaisons.

1 Dans chaque série, barre l'intrus puis explique ton choix.

1. tendre • atteindre • attendre • apprendre • vendre : ....
2. voir • apercevoir • pouvoir • devoir • recevoir : ....

2 Souligne les verbes du 3e groupe conjugués au présent, à la 1re pers. du singulier.

Louison, dix ans, monte dans le grenier alors que sa mère le lui a interdit.

Mes yeux s'ajustent à la demi-obscurité. Tout d'un coup, je vois un foulard taché de rouge dont le coin est pincé dans un coffre. Je le prends, le secoue, le tords, le sens, le tire. Il m'intrigue. Une série de portraits de maman empilés les uns contre les autres apparaît. Je les mets en éventail contre le mur. Sombres, ils m'inquiètent. J'aperçois sur un des portraits une petite fille. Et je me souviens.
J'en ai assez de ma promenade… Je vais dans ma chambre… J'y retournerai…
Là-haut, je peux réfléchir aux secrets de maman.

D'après Marie-Christine Helgerson, *Louison et monsieur Molière* © Castor Poche Flammarion, 2001.
Avec l'aimable autorisation des Éditions Flammarion.

COUP DE POUCE
Tu dois souligner neuf verbes du 3e groupe.

Quels autres verbes du 3e groupe ont des terminaisons irrégulières ?

- ***Faire*** et ***dire*** à la 2e personne du pluriel : vous faites ; vous dites.
- ***Aller*** à toutes les personnes, sauf aux 1re et 2e personnes du pluriel.
  je vais, tu vas, il va, elles vont
- Quelques verbes du 3e groupe qui prennent les **terminaisons du 1er groupe**.
  cueillir : je cueille, tu cueilles, elle cueille… • ouvrir : j'ouvre, tu ouvres, il ouvre…

Les formes nous allons et vous allez sont régulières.

3 Conjugue les verbes entre parenthèses au présent de l'indicatif.

1. « Qui (peindre) .... la fleur ne (pouvoir) .... pas en peindre l'odeur. »
2. « Dans la vie, rien ne se (résoudre) ...., tout (continuer) .... » (Gide)
3. « Lorsque vous (dire) .... la vérité, vous n'avez à vous souvenir de rien. » (Twain)

CORRIGÉS P. 6

CONJUGAISON

14 Reconnaître la valeur d'un présent

Quelles sont les différentes valeurs du présent ?

Valeurs du présent

① **présent d'énonciation**
pour indiquer qu'une action a lieu au moment où l'on parle
– **J'arrive** !

② **présent de vérité générale**
dans le cas d'un fait toujours vrai
Qui dort **dine**.

③ **présent de narration**
dans un récit au passé, pour le rendre plus vivant
Je me promenais paisiblement quand, soudain, un orage me **surprend**…

★ 1 Observe les verbes en couleur puis souligne-les comme il convient, selon la valeur du présent.

présent d'énonciation
présent de narration

Maître Corbeau, sur un arbre perché,
Tenait en son bec un fromage.
Maître Renard, par l'odeur alléché,
Lui tint à peu près ce langage :
« Hé, bonjour Monsieur du Corbeau,
Que vous **êtes** joli ! Que vous me **semblez** beau !
Sans mentir, si votre ramage
Se rapporte à votre plumage,
Vous **êtes** le Phénix des hôtes de ces bois. »
À ces mots le corbeau ne se **sent** pas de joie ;
Et pour montrer sa belle voix,
Il **ouvre** un large bec, **laisse** tomber sa proie.

Jean de La Fontaine, *Fables*, « Le Corbeau et le Renard » (1668-1694).

COUP DE POUCE
Dans les dialogues, les verbes sont au présent d'énonciation.

★★ 2 Indique la valeur du présent pour chaque verbe en couleur.

1. Chaque jour, il passait par le chemin qui **longe** la falaise.
→ ……………………………………………………………………………
2. Furieuse, Katia s'écria : « Ce n'**est** pas vrai ! je le **sais** ! »
→ ……………………………………………………………………………
3. Le silence régnait dans les rues du village quand soudain un cri **vient** troubler cette paix.
→ ……………………………………………………………………………
4. Le Rhin **traverse** six pays d'Europe.
→ ……………………………………………………………………………

CORRIGÉS P. 6

CONJUGAISON

15 L'indicatif passé simple

Quelles sont les terminaisons du passé simple ?

- Voici les **terminaisons du singulier** qui sont les plus fréquentes.

	1er groupe	2e groupe	3e groupe
1re pers.	-ai	-is	-is, -us, -ins
2e pers.	-as	-is	-is, -us, -ins
3e pers.	-a	-it	-it, -ut, -int

- Certains verbes présentent des **particularités** au passé simple. C'est le cas d'*être* et d'*avoir*.

être	avoir
je **fus**	j'**eus**
tu **fus**	tu **eus**
il **fut**	elle **eut**

1 Complète le texte en conjuguant les verbes en couleur au passé simple.

Zézé décide de fabriquer un faux serpent pour effrayer les passants.

Un après-midi, je (repenser) .... au bas noir. Je l'(entortiller) .... dans une ficelle et (couper) .... le bout du pied. Puis, à l'endroit du pied, j'(attacher) .... un long fil de cerf-volant. De loin, en tirant doucement, ça avait l'air d'un serpent. Le soir, j'(attendre) .... sans bouger près du portillon. Une femme arrivait. Je (courir) .... me cacher et (expérimenter) .... le maniement du serpent. Il (obéir) .... Alors je me (faire) .... tout petit et je me (mettre) .... à tirer le fil du serpent. Il (glisser) .... lentement au milieu de la rue. La femme (pousser) .... un grand cri.

D'après José Mauro de Vasconcelos, *Mon bel oranger*, © 1971, Éditions Stock pour la traduction française d'Alice Raillard.

COUP DE POUCE
Il n'y a qu'un verbe du 3e groupe en *-us*.

2 Barre l'intrus puis justifie ton choix.

1. erras • consacras • vaincras • pleuras : ....
2. obéit • prit • mit • vit • partit : ....

COUP DE POUCE
Réfléchis au temps et au groupe de chaque verbe.

3 Conjugue les verbes du texte au passé simple.

Aussitôt que le Petit Poucet (entendre) .... ronfler l'Ogre, il (réveiller) .... ses frères, et leur (dire) .... de s'habiller promptement et de le suivre. Ils (descendre) .... doucement dans le jardin et (sauter) .... par-dessus les murailles. Ils (courir) .... presque toute la nuit toujours en tremblant et sans savoir où ils allaient.

Charles Perrault, *Le Petit Poucet* (1697).

CORRIGÉS P. 7

CONJUGAISON

16 Employer le passé simple et l'imparfait

Comment choisir entre passé simple et imparfait ?

- Dans un récit au passé, on utilise :
  - le **passé simple** pour raconter les **actions principales** ;
  - l'**imparfait** pour décrire le **cadre**, les **personnages** et des **actions secondaires** ou **répétées**.

« Deux Coqs **vivaient** en paix : une Poule **survint**. » (La Fontaine)

→ L'imparfait *vivaient* décrit la situation de départ. Le passé simple rapporte l'irruption de la poule, une action au premier plan du récit, qui le fait progresser.

Les coqs étaient si étonnés, qu'ils restèrent d'abord muets.

- Les **terminaisons** du passé simple varient selon le groupe du verbe. Les terminaisons de l'imparfait, elles, sont régulières.

-ais, -ais, -ait, -ions, -iez, -aient

★ 1 À quel temps les verbes en couleur sont-ils conjugués ? Justifie les emplois.

1. La porte s'ouvrit sous la pression du vent qui se déchaînait.

....

2. Chaque jour, je prenais le même train et rencontrais les mêmes gens.

....

★ 2 Conjugue les verbes du texte à l'imparfait ou au passé simple, selon le cas.

Un énorme incendie ravage la savane.

Il (être) .... inutile d'aller plus loin : les girafes (revenir) .... au galop. Je (grimper) .... en haut des rochers. J'y (trouver) ...., couchés sur le flanc, des lions, des boucs, des léopards… Deux longues cornes de feu (s'avancer) .... très loin et déjà (se refermer) .... presque. Et ce qui (être) .... pire, c'(être) .... que le vent (tourner) .... et que les flammes (revenir) .... vers nous.

D'après Roy Lewis, *Pourquoi j'ai mangé mon père* (1960), trad. Vercors et Rita Barisse © Actes Sud, 1990.

COUP DE POUCE
Tous les verbes au passé simple sont à la 1re personne du singulier.

Quel est le piège à la 1re personne du singulier ?

- La **1re personne du singulier** du passé simple et celle de l'imparfait des verbes du 1er groupe se prononcent de la même façon : je parl**ai** (passé simple), je parl**ais** (imparfait).
- En cas de doute, mets le verbe à la 3e pers. du singulier : il parl**a** (passé simple), il parl**ait** (imparfait).

★★ 3 Choisis la forme qui convient pour compléter chaque phrase.

1. Je me demandais si j'❑ allai ❑ allais réussir. • 2. Un instant j'❑ hésitai ❑ hésitais puis je franchis le seuil de la maison. • 3. Alors que je ❑ pensai ❑ pensais à lui, il entra.

CORRIGÉS P. 7

17

CONJUGAISON

Les temps composés de l'indicatif

Comment construire les temps composés ?

- Un temps composé se forme avec l'**auxiliaire** (*avoir* ou *être*) conjugué à un temps simple (présent, imparfait, futur, passé simple) et le **participe passé** (p.p.) du verbe. Il existe **quatre temps composés**.

Temps composé	Formation	Exemples
passé composé	auxiliaire au présent + p.p.	tu **as** pris, il **est** parti
plus-que-parfait	auxiliaire à l'imparfait + p.p.	tu **avais** pris, elle **était** partie
futur antérieur	auxiliaire au futur simple + p.p.	tu **auras** pris, il **sera** parti
passé antérieur	auxiliaire au passé simple + p.p.	tu **eus** pris, elle **fut** partie

★ **1** **Souligne dans ce texte les six verbes conjugués à un temps composé, puis complète le tableau.**

Un meurtre a été commis. M. Utterson, notaire de la victime, se rend chez son ami le Dr Jekyll car il le soupçonne d'avoir abrité l'assassin.

M. Utterson se présenta à la porte du Dr Jekyll. Poole l'introduisit sur-le-champ. Il lui fit traverser les cuisines, puis une cour qui avait été jadis un jardin. Le docteur avait racheté la maison aux héritiers d'un chirurgien. Un escalier aboutissait à une porte qui s'ouvrait sur le cabinet du docteur. C'est là que s'était assis le Dr Jekyll, pâle à faire peur.
« Alors, dit M. Utterson, dès que Poole les eut laissés seuls, vous avez entendu la nouvelle ?
— Les vendeurs de journaux l'ont claironnée dans le square, dit-il… »

D'après Robert Louis Stevenson, *L'Étrange Cas du Dr Jekyll et Mr Hyde* (1886),
trad. Jean-Pierre Naugrette © Librairie Générale Française – Le Livre de poche, 1999.

Verbe souligné	Temps de l'auxiliaire	Temps composé du verbe
....	....	....
....	....	....
....	....	....
....	....	....
....	....	....
....	....	....

★ **2** **Dans chaque phrase, mets le verbe au temps demandé.**

1. Je m'en irai seulement quand tu (*arriver*, futur antérieur) ....
2. Nous (*remplir*, passé composé) .... nos poches de bonbons multicolores.
3. Le Dr Jekyll (*entendre*, plus-que-parfait) .... la nouvelle.
4. Après que tu (*partir*, passé antérieur) ...., la maison était triste.

COUP DE POUCE

Pour les phrases 1 et 4, tu dois utiliser l'auxiliaire *être*.

CORRIGÉS P. 7

CONJUGAISON

Employer le conditionnel

Ne confonds pas je prendrais au conditionnel présent et je prendrai au futur !

Quelles sont les formes du conditionnel ?

Temps	Formation	Exemples
conditionnel présent	-ais, -ais, -ait, -ions, -iez, -aient précédées de la lettre r	je prend**rais**, tu prend**rais**, il prend**rait**…
conditionnel passé	*avoir* ou *être* au conditionnel présent + participe passé du verbe	j'aurais pris, tu aurais pris, elle aurait pris…

ATTENTION ! Note bien que le radical est le même au futur et au conditionnel présent.

1 ★ **Complète le tableau avec des formes conjuguées à la 1re personne du singulier.**

Infinitif	Conditionnel présent	Futur	Conditionnel passé
être	....	....	....
crier	....	....	....
finir	....	....	....

Quand emploie-t-on le conditionnel ?

- On emploie le conditionnel pour exprimer le plus souvent une **action soumise à une condition**, un **conseil**, une **demande polie**…

  S'il pleuvait, je **prendrais** mon parapluie.

  Il pleut, tu **devrais** prendre ton parapluie.

2 ★ **Souligne les trois verbes au conditionnel présent et encadre le verbe au futur.**

Helen est aveugle et lit le braille, écriture destinée aux malvoyants. Ann est son institutrice.

Si Helen allait à l'école, elle aurait besoin d'une quantité de livres nouveaux et très peu de ces livres avaient été « traduits » en braille. C'est à Ann qu'en incomberait la tâche. Elle devrait soit recopier les livres en braille, soit les épeler peu à peu dans la main d'Helen. Dans les deux cas, il fallait qu'elle commençât par les lire ; or, la vue d'Ann, qui était déjà très mauvaise, s'était encore affaiblie ces derniers temps. « J'essaierai de tenir le temps qu'il faudra », se dit Ann, qui ne pensait jamais à elle.

D'après Lorena Alice Hickok, *L'Histoire d'Helen Keller* (1958), trad. Renée Rosenthal © Éditions Robert Laffont, 1968.

ATTENTION ! Tu dois utiliser une fois la terminaison *-rai* du futur.

3 ★★ **Conjugue les verbes au futur ou au conditionnel selon le sens de la phrase.**

1. J'(aimer) .... que tu passes un peu moins de temps sur les réseaux sociaux.
2. Je (signer) .... ce document quand vous l'aurez complété.
3. Je (être) .... ravie si vous veniez dimanche.

CORRIGÉS P. 8

19 CONJUGAISON

Employer le subjonctif

Quelles sont les formes du subjonctif ?

Temps	Formation	Exemples
subjonctif présent	-e, -es, -e, -ions, -iez, -ent	que je parte, que tu dises, qu'il finisse…
subjonctif passé	*avoir* ou *être* au subjonctif présent + participe passé du verbe	que je fus parti(e), que tu aies dit, qu'il ait fini…

Attention ! Pour certains verbes du 3e groupe, le subjonctif présent peut se confondre à l'oral avec l'indicatif présent : je crois (indicatif), que je croie (subjonctif).

1 Complète le tableau en conjuguant les verbes au subjonctif présent.

Infinitif	3e pers. du singulier	1re pers. du pluriel	3e pers. du pluriel
essayer	....	....	....
prendre	....	....	....
obéir	....	....	....

COUP DE POUCE
Pense à l'expression « il faut que » qui est toujours suivie du subjonctif.

2 Conjugue les verbes en couleur au subjonctif présent.

1. Le professeur ne veut pas que cet élève (se sentir) .... exclu.
2. Appelle les urgences : il faut qu'un médecin (intervenir) .... au plus vite !
3. Quoi que (faire) .... ses enfants, elle leur pardonne toujours leurs bêtises.
4. Ma mère ne souhaite pas que nous (avoir) .... un chat à la maison.

Quand emploie-t-on le subjonctif ?

- On emploie le mode subjonctif pour exprimer une **éventualité**, une action **possible** mais pas certaine.
- C'est pourquoi on le rencontre principalement **après des verbes exprimant le souhait, l'obligation, le doute**…

  Je doute que la sonde spatiale **soit** encore en état de transmettre des images de qualité.

3 Complète les phrases suivantes en choisissant la forme qui convient.

1. Tu dis que tu ❑ parcours ❑ parcoures huit kilomètres en une heure.
2. Pour que je te ❑ crois ❑ croie, tu dois me donner des preuves.
3. Je ne ❑ crois ❑ croie que ce que je ❑ vois ❑ voie.
4. Je ne veux pas que tu ❑ vois ❑ voies dans quel état je suis en ce moment !
5. Il est possible qu'il ❑ rit ❑ rie beaucoup en entendant cette blague.

ATTENTION !
Ce n'est pas parce qu'un verbe est précédé de *que* qu'il est obligatoirement au subjonctif.

CORRIGÉS P. 8

CONJUGAISON

20 Utiliser un verbe à la forme passive

Qu'est-ce que la forme passive ?

- À la forme passive, c'est le **sujet qui subit l'action** exprimée par le verbe.
- Celui qui **fait l'action** exprimée par le verbe est le **complément d'agent**. Il est le plus souvent introduit par la préposition *par*.

Dans la célèbre fable de La Fontaine, [le lièvre] [est devancé] [par la tortue].
sujet — verbe — complément d'agent

C'est la tortue qui fait l'action de devancer ; le lièvre, lui, la subit.

1 ★ **Dans la phrase suivante, souligne le verbe, puis encadre en vert celui qui fait l'action et en bleu celui qui la subit.**

Cette gargote était tenue par des gens appelés Thénardier, mari et femme.

Victor Hugo, *Les Misérables* (1862).

COUP DE POUCE
Le complément d'agent peut aussi être introduit par *de* ou ne pas être exprimé.

2 ★ **Coche les phrases qui sont à la forme passive.**

- ❑ **1.** Le club de football est tenu par un ancien joueur.
- ❑ **2.** Les maillots de l'équipe sont verts à rayures blanches.
- ❑ **3.** C'est grâce à leur persévérance que les joueurs ont remporté le match.
- ❑ **4.** Ils sont appréciés de tous dans la région.
- ❑ **5.** La coupe a été remise aux vainqueurs.

Comment construit-on un verbe à la forme passive ?

- Un verbe à la forme passive se construit avec l'**auxiliaire *être*** suivi du **participe passé**. L'auxiliaire peut se conjuguer à **tous les temps**, simples ou composés.

Forme active	La tortue devance le lièvre.	Le verbe *devancer* est conjugué au présent.
Forme passive	Le lièvre est devancé par la tortue.	L'auxiliaire *être* est conjugué au présent, suivi du participe passé du verbe *devancer*.

3 ★★ **Transforme ces phrases actives en phrases passives.**

1. Guy de Maupassant a écrit la nouvelle *Le Horla*.
→ ....

2. Dans cette nouvelle, une créature invisible poursuit le narrateur.
→ ....

3. Il décrit dans son journal ses hallucinations nocturnes.
→ ....

4. Rêve ou réalité ? Le doute gagne progressivement le lecteur.
→ ....

ATTENTION !
N'oublie pas d'accorder le participe passé et respecte le temps de départ de la phrase active.

CORRIGÉS P. 8

21

CONJUGAISON

Les verbes pronominaux

Comment reconnaît-on un verbe pronominal ?

- Un verbe pronominal se conjugue avec un **pronom personnel complément**, de même personne que le sujet, appelé **pronom réfléchi**.

  je **me** lève, tu **te** lèves, il **se** lève, nous **nous** levons, vous **vous** levez…

- Les temps composés d'un verbe pronominal se forment avec **l'auxiliaire *être***.

  je me **suis** levé, tu t'**es** levé, elle s'**est** levée, nous nous **sommes** levés…

1 **Conjugue les verbes entre parenthèses au passé composé.**

ATTENTION !

Pour chaque verbe, vérifie que tu as accordé correctement le participe passé.

1. « Les hommes se trompent, les grands hommes avouent qu'ils (se tromper) .... » (Voltaire)
2. « Mes chimères et mes erreurs (s'évanouir) .... » (Gautier)
3. « Ignorer les événements qui (se passer) .... avant votre naissance, c'est rester toujours enfant. » (Cicéron)
4. « La catastrophe qui finit par arriver n'est jamais celle à laquelle on (se préparer) .... » (Léonard de Vinci)

Quelles sont les différents types de verbes pronominaux ?

- Il existe **différentes catégories** de verbes pronominaux :
  - les verbes pronominaux à valeur **réfléchie** ;

    Elle **se** regarde dans la glace. (= elle regarde elle-même)
  - les verbes pronominaux à valeur **réciproque** ;

    Ils **se** sont enlacés. (= chacun a tenu l'autre enlacé)
  - les verbes pronominaux à valeur **passive** ;

    À la fin du spectacle, le rideau **se referme**. (= le rideau est refermé)
- On appelle **essentiellement pronominaux** les verbes qui sont toujours précédés du pronom réfléchi : s'enfuir, se souvenir, s'évanouir…

2 **a. Souligne dans le texte les verbes pronominaux.**

COUP DE POUCE

Tu dois trouver quatre verbes pronominaux.

La pluie commença par n'être qu'une fine mousseline tiède pendant plusieurs jours. Puis, on put voir ses rayures. Enfin, elle tomba à blocs et elle ne s'arrêta plus de tomber. Les huttes s'effondraient. Il n'y avait d'abri nulle part. Les rochers les plus hauts de la colline ruisselaient d'eau noire. Les ouvriers de la milice en blouse et ceinturon de cuir s'occupaient du sauvetage général. On les voyait partout. Ils s'affairaient de tous les côtés avec une générosité inutile…

Jean Giono, *Le Hussard sur le toit* © Éditions Gallimard, 1951.

b. Parmi les verbes soulignés, relèves-en deux essentiellement pronominaux.

1. .... 2. ....

CORRIGÉS P. 9

CONJUGAISON

22 Les verbes impersonnels

Qu'est-ce qu'un verbe impersonnel ?

- Un verbe impersonnel est un verbe qui ne se conjugue **qu'à la 3e personne du singulier**, avec le pronom sujet *il*.

  Il pleut depuis deux jours.

  → Le sujet *il* ne renvoie à rien ni personne.

- Ce pronom *il* commande l'accord du verbe à la 3e personne du singulier, même lorsqu'il existe un **sujet réel** au pluriel.

  Il passe peu de personnes par ici.

  → Le verbe s'accorde avec *il* (sujet grammatical) et non avec *peu de personnes* (sujet réel).

COUP DE POUCE
Tu dois cocher quatre phrases.

★ 1 Coche les phrases qui contiennent un verbe impersonnel.

1. ❑ Il fait très bien son travail.
2. ❑ Il fait très froid ces jours-ci.
3. ❑ Il manque encore deux élèves.
4. ❑ Il manque très souvent à l'appel.
5. ❑ Il circule très peu de véhicules aujourd'hui.
6. ❑ Il circule tous feux éteints.
7. ❑ Il n'arrive jamais à l'heure.
8. ❑ Il n'arrive jamais rien ici.

Quels sont les différents verbes impersonnels ?

- On peut distinguer :
  - les **verbes** qui sont **toujours impersonnels** ; il faut, il pleut…
  - les **phrases impersonnelles** obtenues à partir de verbes qu'il est possible de conjuguer par ailleurs à toutes les personnes. il arrive (que), il semble (que)…

COUP DE POUCE
Tu dois trouver trois verbes qui sont toujours impersonnels.

★★ 2 Verbe toujours impersonnel (VI) ou phrase impersonnelle (PI) ? Complète les parenthèses avec les initiales qui conviennent.

1. Il neige depuis ce matin. (........) • **2.** Il ne reste que cinq kilomètres à parcourir. (........) **3.** Il faut prendre la bonne route. (........) • **4.** Il fait un temps épouvantable pour la saison. (........) • **5.** Il s'agit d'une affaire urgente. (........) • **6.** Il vient peu de monde en ce moment. (........) • **7.** Il existe des modèles d'occasion. (........)

★ 3 Transforme les phrases suivantes en phrases impersonnelles.

Ex. : Traverser au feu vert est obligatoire. → Il est obligatoire de traverser au feu vert.

1. Que tu partes à l'étranger me semble indispensable.

→ ....

2. Bien des tableaux manquent dans cette galerie.

→ ....

3. Fumer dans les lieux publics est interdit.

→ ....

CORRIGÉS P. 9

23 Accorder un adjectif

ORTHOGRAPHE

Comment accorder un adjectif ?

- Quelle que soit sa fonction – épithète, attribut ou apposé –, l'adjectif **s'accorde en genre et en nombre** avec le nom ou le pronom auquel il se rapporte.

  Facile à réaliser, cette [salade] **italienne** se déguste **froide**.

- Lorsqu'un même adjectif qualifie **deux noms**, il se met **au pluriel**.

  Gaëlle a acheté [un pantalon et un blouson] **blancs**.

  Si les noms sont de genres différents, l'accord se fait **au masculin pluriel**.

  Elle porte [un pull et une écharpe] **assortis**.

1 Souligne les adjectifs et encadre les mots qu'ils caractérisent.

Je me retrouvai sur la grande place du Marché qui, à cette heure matinale, grouillait de gens allant faire peser du bois à la bascule publique. À droite, se dressait l'hôtel de ville avec sa façade dorée, dont les visages de marbre blanc contemplaient la place. À ma gauche, on apercevait la Nouvelle Église : sa tour, haute et étroite, me rappelait une volière en pierre.

D'après Tracy Chevalier, *La Jeune Fille à la perle* (1999) © La Table Ronde, 2000.

COUP DE POUCE
Tu dois souligner huit adjectifs et encadrer sept noms.

2 Complète le texte en accordant correctement les adjectifs entre parenthèses.

Presque toujours, on se reposait dans un pré, ayant Deauville à gauche, Le Havre à droite et en face la (plein) .... mer. Elle était (brillant) .... de soleil, (lisse) .... comme un miroir, tellement (doux) .... qu'on entendait à peine son murmure ; des moineaux (caché) .... pépiaient, et la voûte (immense) .... du ciel recouvrait tout cela. Mme Aubain, (assis) ...., travaillait à son ouvrage de couture.

Gustave Flaubert, *Un cœur simple* (1877).

COUP DE POUCE
Repère d'abord le mot auquel se rapporte chaque adjectif.

Quand ne doit-on pas accorder un adjectif de couleur ?

- Un adjectif de couleur reste invariable :
  - s'il est **composé de deux mots** ;

    des [blousons] **bleu marine**

  - si c'est un **nom** employé comme adjectif (sauf *rose, mauve, fauve, pourpre, écarlate*).

    Il porte des [chaussures] **marron** et des [chaussettes] **mauves**.

3 Dans chaque phrase, accorde si nécessaire les adjectifs de couleur.

1. L'araucaria est un conifère aux feuilles rectangulaires et (vert foncé) ....
2. Lilian a gardé les yeux (bleu clair) .... qu'il avait à la naissance.
3. Au crépuscule, l'horizon se pare de reflets (orangé) ....

CORRIGÉS P. 9

24 Accorder un verbe avec son sujet

Comment s'accorde le verbe avec le sujet ?

- Le verbe s'accorde **en personne et en nombre** avec son sujet.
  J' **apprends** la nouvelle à l'instant.
  Nous **apprenons** que le concert est annulé.
- Si le sujet comporte un **adverbe de quantité** comme beaucoup de, peu de, combien de…, le verbe se met **au pluriel**.
  Beaucoup de touristes **ont visité** les pyramides d'Égypte.
- Si le sujet est un **nom collectif** comme une foule de, une bande de…, le verbe peut se mettre **au singulier ou au pluriel**.
  Une nuée d'insectes **tournoyait / tournoyaient** dans la lumière du soir.
- Si les sujets sont coordonnés par ***ni*** ou par ***ou*** :
  - le verbe est **au pluriel** si les sujets forment **un ensemble** ;
    Ni Jean ni Paul **ne parlent**. (→ Est-ce que Jean **et** Paul parlent ?)
  - le verbe est **au singulier** si les sujets **s'opposent** ou sont envisagés séparément.
    Ni Jean ni Paul n'y **arrivera**. (→ Est-ce que Jean **ou** Paul y arrivera ?)

Attention, le sujet est parfois placé après le verbe !

1 Après avoir encadré les sujets, conjugue les verbes de ces phrases au présent.

1. L'avion que pren........ Marc et sa femme est en retard. • **2.** À qui appartien........ ces bottes ? • **3.** Une foule de touristes admir........ la tour Eiffel. • **4.** Ni la force ni la douceur ne peu........ venir à bout de sa résistance.

2 Complète le texte avec les formes verbales demandées après avoir encadré chaque sujet.

Dominique et Françoise habitent dans un moulin que les soldats français ont investi pour tenter d'arrêter l'avancée des Prussiens en 1870.

Dominique et Françoise n'(*écouter*, passé simple) .... pas le Père Merlier.
Ils pénétrèrent dans la salle du moulin où une dizaine de soldats (*attendre*, imparfait) .... en silence, les volets fermés, guettant par des fentes.
D'autres soldats (*rentrer*, imparfait) .... en rampant, quand l'ennemi les (*déloger*, plus-que-parfait) .... de leurs cachettes.
Dans le moulin (*régner*, imparfait) .... silence et inquiétude.

D'après Émile Zola, *L'Attaque du moulin* (1880).

COUP DE POUCE
Cherche bien le sujet. Parfois, deux accords sont possibles.

3 Dans chaque phrase, colorie en vert le sujet qui convient.

1. Une multitude de fourmis | La multitude de fourmis ont envahi le jardin.
2. Mon père et ma mère | Mon père, ainsi que ma mère, est sorti.
3. C'est lui | moi qui prend ce sac.
4. Seul un petit nombre de gens | peu de gens connaît ce raccourci.

COUP DE POUCE
4. L'adjectif *seul* te donne un indice.

CORRIGÉS P. 9

25 ORTHOGRAPHE
Accorder un participe passé

Comment accorder un participe passé ?

- **Conjugué avec l'auxiliaire *être*,** le participe passé **s'accorde** en genre et en nombre avec le sujet.

  Les randonneurs sont **partis** de bon matin.

  Ils ont été **accueillis** par un guide de montagne.

- **Conjugué avec l'auxiliaire *avoir*,** le participe passé reste **invariable** si le verbe n'a pas de COD ou si son COD est placé à sa droite.

  Nous avons **réussi**. Ils ont **reçu** une récompense.
  [pas de COD] [COD à droite du verbe]

  Mais, si le verbe a **un COD placé à sa gauche**, le participe passé **s'accorde** avec ce COD. Si ce dernier est un pronom, on déduit son genre et son nombre grâce à son antécédent.

  Cette récompense, il l'a bien **méritée**.
  antécédent COD

  J'ai été sensible aux fleurs qu'il m'a **offertes**.

1 Accorde comme il convient les participes passés en couleur.

1. Dans la forêt de Guédelon, une équipe de passionnés a ❑ bâti ❑ bâtis une forteresse.
2. La construction a été ❑ amorcé ❑ amorcée en 1995 et n'est toujours pas ❑ achevé ❑ achevée aujourd'hui.
3. Les ouvriers ont ❑ employé ❑ employés les matériaux qu'ils ont ❑ trouvé ❑ trouvés sur place : pierre, bois, argile…
4. Les outils, ils les ont tous ❑ fabriqué ❑ fabriqués eux-mêmes et n'ont ❑ utilisé ❑ utilisés aucune machine moderne.

2 Complète le texte en accordant les participes passés si nécessaire.

Encastré dans le mur, il y avait un énorme anneau de fer, auquel était enchaîn...... un squelette qui paraissait essayer de saisir un plat et une cruche à eau qui étaient plac...... juste hors de sa portée. La cruche avait évidemment été rempl...... d'eau jadis, car elle était recouvert...... à l'intérieur d'une moisissure verte. Il n'y avait rien sur le plat. Ils contemplaient, saisis d'étonnement, la tragédie terrible dont le secret leur était à présent révél......

D'après Oscar Wilde, *Le Fantôme de Canterville*

COUP DE POUCE
Deux participes passés prennent la marque du féminin et un, celle du pluriel.

3 Choisis le GN qui convient pour que l'accord du participe soit correct.

1. Elles photographient ❑ les oiseaux ❑ le tableau ❑ la lampe qu'elles ont observé.
2. Il veut rencontrer ❑ les chanteuses ❑ les acteurs ❑ la pianiste qu'il a vus à la télévision.
3. Les promeneurs découvrent ❑ des odeurs ❑ des parfums ❑ une atmosphère qu'ils n'avaient jamais remarquées.

COUP DE POUCE
Vérifie le genre et le nombre du COD.

CORRIGÉS P. 10

ORTHOGRAPHE

26 Les formes verbales en *-i*

Quelles sont les différentes formes verbales en *-i* ?

- Il peut s'agir d'un **verbe conjugué** dont la terminaison varie selon le temps et la personne.
- Il peut aussi s'agir d'un **participe passé** en -i (rire → p.p. **ri**), en -is (prendre → p.p. **pris**) ou en -it (cuire → p.p. **cuit**).

Attention ! Des marques d'accord peuvent s'ajouter à ces participes passés.
Les carottes sont **cuites**.

Pour repérer le *s* ou le *t* final, on met le participe passé au féminin : **pris / prise** ; **cuit / cuite**.

-ie, -ies, -ient	-is, -it
1er groupe, présent, verbes en *-ier* je véri**fie**, tu véri**fies**, il véri**fie**, elles véri**fient**…	2e ou 3e groupe, présent ou passé simple je fin**is**, il rend**it**

1 Choisis l'orthographe qui convient.

1. Ses cheveux ont ❏ éclairci ❏ éclaircis ❏ éclaircit au soleil.
2. Cette peinture blanche ❏ éclairci ❏ éclaircie ❏ éclaircit la pièce.
3. L'affaire a enfin été ❏ éclairci ❏ éclaircie ❏ éclaircit.

COUP DE POUCE
Demande-toi si tu as affaire à un participe passé ou à un verbe au présent.

2 Écris les verbes entre parenthèses au passé simple ou au participe passé selon le cas, puis classe-les dans le tableau.

Le vieux marquis dit de sa voix un peu tremblante : « Oui, j'ai (subir) .... l'épouvante. Il est (permettre) .... de n'être pas brave devant les dangers imaginaires. Le manoir semblait abandonné depuis vingt ans. Au bruit que je (faire) ...., un vieil homme (sortir) .... Je l'écartai violemment et pénétrai dans la maison. Je (franchir) .... un grand vestibule. Je (voir) .... assez nettement une grande pièce en désordre. J'allai au secrétaire. Je m'(asseoir) .... dans un fauteuil, j'(abattre) .... la tablette, j'(ouvrir) .... le tiroir. Je crus percevoir un frôlement. Si je n'avais pas (sentir) .... mon sabre à mon côté, je me serais (enfuir) .... »

D'après Guy de Maupassant, « Apparition », *Contes et nouvelles* (1883).

Verbes au passé simple		Participes passés	
1re pers. du singulier	3e pers. du singulier	en *-i*	en *-is*
....	....	....	....
....	....	....	....
....	....	....	....

COUP DE POUCE
Trois participes passés se terminent par *-i*.

CORRIGÉS P. 10

27 ORTHOGRAPHE

Les formes verbales en *-u*

Quelles sont les différentes formes verbales en *-u* ?

- Il peut s'agir d'un **verbe conjugué** dont la terminaison varie selon le temps et la personne.
- Il peut s'agir aussi d'un **participe passé** en -u (pouvoir → p.p. **pu** ; vouloir → p.p. vou**lu**). Note que les participes passés des verbes *devoir*, *mouvoir* et *croître* prennent un accent circonflexe au masculin singulier : dû, mû, crû (mais due, mue, crue au féminin).

Attention ! Des marques d'accord peuvent s'ajouter à ces participes passés. Les œufs sont battu**s**.

-ue, -ues, -uent	-us, -ut
1er groupe, présent, verbes en *-uer* je contin**ue**, tu contin**ues**, elle contin**ue**, ils contin**uent**…	3e groupe, présent, ou passé simple je concl**us**, il cour**ut**

1 Complète ce texte avec les formes verbales en *-u* qui conviennent.

Zadig, le sage, oblige le seigneur Ogul à faire de l'exercice.

Ogul, dès le premier jour, fut tout essoufflé et cr........ qu'il mourrait de fatigue. Le second, il f........ moins fatigué et p........ mieux dormir. En huit jours il recouvra toute la force, la santé, la légèreté et la gaieté qu'il avait conn........ dans ses plus brillantes années. « Vous avez v........ ? Vous avez seulement joué au ballon et vous avez résol........ d'être sobre, lui dit Zadig. Apprenez qu'on se porte toujours bien avec de la sobriété et de l'exercice. »

D'après Voltaire, *Zadig* (1747).

2 Barre l'intrus parmi ces formes verbales. Justifie ton choix.

1. vus • bus • pus • vécus • courus : ....
2. englues • eues • remues • habitues : ....

3 Complète, si nécessaire, les formes verbales en *-u*.

Plus d'un an après les faits, le naufrage du *Grande America* continu..... d'avoir des conséquences. Ce porte-conteneur, qui a coulé au large de la Rochelle, pollu..... encore aujourd'hui les rivages à cause d'une fuite dans l'épave. Le pétrole qu'il déverse englu..... les oiseaux marins. Il les a rendu..... incapables de voler, les condamnant à une mort certaine. Des boulettes de pétrole ont été aperçu..... sur les plages de Loire-Atlantique et de Vendée. Après analyse des échantillons, un laboratoire de Brest a conclu..... qu'elles provenaient bien de ce navire. L'association Sea Sheperd, qui agit en faveur de l'environnement marin, n'exclu..... pas que les 250 oiseaux retrouvés morts sur une plage ne soient qu'une infime partie des animaux victimes de cette pollution.

COUP DE POUCE
Tu dois identifier quatre verbes conjugués et trois participes passés.

CORRIGÉS P. 11

ORTHOGRAPHE

28 Les adverbes en *-ment*

Comment faut-il écrire un adverbe en *-ment* ?

- En général, on ajoute le **suffixe** -ment **à l'adjectif féminin singulier.**
  joyeuse → joyeusement

Attention ! Si l'adjectif se termine par une voyelle autre que *-e* (*-ai*, *-é*, *-i*, *-u*), on ajoute le suffixe *-ment* à l'adjectif **masculin**.
absolu → absolument (exception : gai → gaiement ou gaîment)

- Lorsque l'adverbe est formé sur un adjectif terminé par *-ant* ou *-ent* :
  - il se termine par -amment si l'adjectif est en *-ant* ;
    savant → savamment • bruyant → bruyamment
  - il se termine par -emment si l'adjectif est en *-ent*.
    patient → patiemment • prudent → prudemment
- Quelques adverbes en *-ment* n'obéissent pas à ces règles.
  Tu peux retenir les plus courants : brièvement, grièvement, gentiment...

1 Sur quel adjectif chacun de ces adverbes est-il formé ?

1. .... → brièvement
2. .... → légèrement
3. .... → gentiment
4. .... → évidemment
5. .... → calomnieusement
6. .... → innocemment
7. .... → violemment
8. .... → continûment

2 Forme les adverbes en *-ment* correspondant à ces adjectifs.

1. différent → ....
2. brillant → ....
3. gai → ....
4. heureux → ....
5. joli → ....
6. fort → ....
7. grand → ....
8. constant → ....

3 Complète le texte avec des adverbes formés sur *vif*, *tendre* et *doux*.

Orphelin, Rémi a été recueilli par mère Barberin. Mais Jérôme, son mari, ne veut plus de lui.

La porte s'ouvrit et se referma. [Jérôme] était parti. Alors me redressant ....,
je me mis à appeler mère Barberin. Elle accourut près de mon lit :
— Est-ce que tu me laisseras aller à l'hospice ?
— Non, mon petit Rémi, non.
Et elle m'embrassa .... en me serrant dans ses bras. Cette caresse me rendit le courage, et mes larmes s'arrêtèrent de couler.
— Tu ne dormais donc pas ? me demanda-t-elle ....

D'après Hector Malot, *Sans famille* (1878).

CORRIGÉS P. 11

29

ORTHOGRAPHE

Distinguer *c'est* et *s'est*

Dans quel cas écrit-on *c'est* ? Dans quel cas écrit-on *s'est* ?

- Pour le savoir, il faut déterminer à quelle forme on a affaire.

c'est	s'est
pronom élidé *c'* + verbe *être* (*est*) **C'est** sa maison. **C'est** lui. **C'est** parfait.	pronom réfléchi *s'* + verbe *être* (*est*) → précédé d'un sujet et suivi d'un p. p. [La maison] [**s'est** effondrée]. verbe pronominal au passé composé

1 Complète le texte avec *c'est* ou *s'est*.

Un incendie a ravagé la maison de Marie Nicolaïevna. Elle a pu se sauver avec Aniska, sa servante, mais sa fille, Katia, a disparu.

La servante .... écriée : ça brûle ! On .... dépêché de ramasser nos affaires. On .... sauvé avec ce qu'on avait sur le dos. .... tout ce qu'on a pu emporter. Tout le reste est perdu. Tout à coup, on .... aperçu que Katia n'était plus là.

« Mais où est-elle restée ? demanda Pierre.

— Aniska, va, montre-lui où .... », cria-t-elle à la servante.

La petite domestique prit par le sentier.

« .... ici, tout près dit-elle. Celle-là ! .... là que nous demeurions. »

D'après Léon Tolstoï, *Guerre et Paix* (1869).

COUP DE POUCE
Tu dois écrire *c'est* quatre fois et *s'est* quatre fois.

2 Complète les phrases suivantes avec *c'est* ou *s'est*.

1. « .... fini ! », ...-il écrié. • **2.** .... bien à cet endroit que la voiture .... arrêtée. • **3.** Il .... regardé dans le miroir et a dit : « .... parfait ! » • **4.** Il fait assez beau, ...-à-dire qu'il ne pleut pas ! **5.** On .... dit au revoir, mais .... pour mieux se retrouver dans quelques jours.

COUP DE POUCE
L'une des phrases comporte la locution adverbiale *c'est-à-dire* qui est invariable.

3 Corrige les trois erreurs qui se sont glissées dans ces proverbes.

1. « **C'est** en forgeant qu'on devient forgeron. » (proverbe français)
2. « Qui **c'est** brûlé la langue n'oublie plus de souffler sur sa soupe. » (proverbe allemand)
3. « Que celui qui n'a pas encore traversé ne se moque pas de celui qui **s'est** noyé. » (proverbe peul)
4. « Offrir l'amitié à qui veut l'amour, **s'est** donner du pain à qui meurt de soif. » (proverbe espagnol)
5. « **S'est** dans le besoin qu'on reconnaît ses vrais amis. » (proverbe français)
6. « Donner, c'est donner. Reprendre, **c'est** voler ». (proverbe français)

CORRIGÉS P. 11

30 ORTHOGRAPHE

Distinguer *quel(s)*, *quelle(s)* et *qu'elle(s)*

Dans quels cas trouve-t-on *quel(s)*, *quelle(s)* ou *qu'elle(s)* ?

- *Quel*(*s*) et *quelle*(*s*) sont des **déterminants interrogatifs ou exclamatifs.**

Quand *quel(s)* appartient à un GN	Quand *quel(s)* est en position d'attribut
Il s'accorde en genre et nombre avec le nom déterminé. **Quelle** heure est-il ? **Quels** beaux paysages !	Il s'accorde en genre et en nombre avec le sujet. **Quel** est ce bruit ? **Quelles** sont les nouvelles ?

- *Qu'elle*(*s*) est l'association de la **conjonction** ou du **pronom *que*** élidé et du **pronom *elle*** (ou *elles*) :
  - si ***qu'elle*(s)** est **suivi d'un verbe**, on peut le remplacer par *que je*, *que tu*, *qu'il…* ;
    Il faut **qu'elle** parte. → Il faut qu'il parte.
  - si ***qu'elle*(s)** n'est **pas suivi d'un verbe**, on peut le remplacer par *que lui*, *que moi*…
    Il est aussi petit **qu'elle**. → Il est aussi petit que moi.

COUP DE POUCE
Quand tu hésites, essaie de remplacer par *qu'il*.

1 Coche la bonne réponse.

1. Je te demande ❑ quel ❑ quelle est la bonne direction.
2. ❑ Quel ❑ Quels temps fera-t-il demain ?
3. On dit ❑ quelle ❑ qu'elle est une femme d'esprit.
4. Le colis ❑ quelle ❑ qu'elle a reçu provenait de Singapour.

2 Complète les phrases avec la forme qui convient.

quel | quelle | quelles | qu'elle | qu'elles

1. À .... page vous êtes-vous arrêtés ?
2. Katia est fatiguée : je ne pense pas .... puisse venir ce soir.
3. .... étourdi ! J'ai oublié à .... endroit j'avais garé ma voiture.
4. Ces fleurs sont si fragiles .... fanent dès qu'on les cueille.
5. L'artisan ne sait plus .... portes il doit repeindre.

3 Complète le texte avec *qu'elle* ou *quel(le)*.

La vieille femme était en réalité une méchante sorcière qui attirait les enfants dans la maison en pain d'épices .... avait construite. Et dès .... réussissait à s'emparer de l'un d'eux, elle le faisait rôtir et le mangeait. .... fête c'était pour elle ! Aussitôt .... avait vu s'approcher Jeannot et Margot, elle avait ricané de plaisir et s'était dit : « .... délicieux festin je vais faire là ! »

Les frères Grimm, « Jeannot et Margot », *Contes* (1856).

CORRIGÉS P. 12

VOCABULAIRE

31 Identifier le radical, un préfixe

Qu'est-ce qu'un radical ?

Des mots formés sur le même radical composent une famille de mots.

- Le **radical** est l'**élément fixe d'un mot** à partir duquel il est possible de fabriquer de nouveaux mots par **dérivation** (en ajoutant des préfixes ou des suffixes).
  radical *port* : [port]er → sup[port]er → com[port]ement → [port]able…

1 **Encadre en noir le radical commun dans chaque série de mots.**

1. journalier • journal • ajourner • aujourd'hui • ajourer • journée • bonjour • toujours
2. terrestre • atterrir • terrer • atterrer • extraterrestre • terrien • enterrer • terrarium

Qu'est-ce qu'un préfixe ?

- Le préfixe est l'élément placé **avant le radical**.
  [sup][port]er, [com][port]ement
  La forme d'un préfixe peut varier selon le mot auquel il est soudé.
  [in]capable, [im]possible, [ir]réalisable, [il]légal…
- Les préfixes ont **un sens**. Ainsi, les préfixes *il-*, *in-*, *dé-*, *mal-*, *mé-* permettent de former des mots de sens contraire.
  légal → [il]légal • pair → [im]pair • faire → [dé]faire
  heureux → [mal]heureux • content → [mé]content

Identifier les préfixes aide à comprendre les mots et à mieux les orthographier.

2 a. **Dans les six verbes en couleur, sépare d'un trait le préfixe du radical.**

La marée basse laissait à découvert des oursins, des méduses ; et les enfants couraient, pour saisir les flocons d'écume que le vent emportait. Les flots endormis se déroulaient le long de la grève. Le principal divertissement était le retour des barques. Dès qu'elles avaient dépassé les balises, leurs voiles descendaient aux deux tiers des mâts. Ensuite le bateau se plaçait contre le quai. Des femmes s'élançaient pour embrasser leurs hommes.

D'après Gustave Flaubert, « Un cœur simple », *Trois Contes* (1877).

b. **Avec le préfixe *re-*, forme des verbes comportant le même radical que les verbes en couleur.**

....

COUP DE POUCE
Tu peux former au moins trois verbes.

3 **Associe les radicaux *-port-*, *-prend-* et *-suad-* aux préfixes suivants pour former des verbes.**

com- → ....

re- → .... per- → ....

4 **Forme le contraire de chaque mot à l'aide du bon préfixe.**

importer → .... obéir → ....

plaire → .... brancher → ....

CORRIGÉS P. 12

32 VOCABULAIRE
Identifier un suffixe

Qu'est-ce qu'un suffixe ?

- Le suffixe est l'élément ajouté **après le radical** pour former un mot de la même famille.
  éduc|**ation**, chal|**eur**, artist|**ique**, val|**able**...
- Les suffixes ont un **sens**.

Suffixes	Sens	Exemples
-ard, -asse, -âtre...	péjoratif	un chauff|ard, jaun|asse, une mar|âtre
-elle, -ette, -iche, -otin...	diminutif	une ru|elle, une fill|ette, une barb|iche, un diabl|otin
-able	indique une aptitude	dur|able (= qui peut durer)
-eur (-euse), -er (-ère), -teur (-trice), -ien (-ienne)	permet de former des noms de métiers	chant|eur, chant|euse bouch|er, bouch|ère agricul|teur, agricul|trice informatic|ien, informatic|ienne

1 Sépare le radical du suffixe par un trait vertical.

acclamation • acharnement • aimable • antiquaire • antiquité • classeur • félicitation • capable • gribouillis • heureux • horizontal • populaire • portable • valable • valeur

2 Complète les mots en couleur avec les suffixes repérés dans l'exercice 1.

Un cyclone fait rage sur l'île de Clipperton, perdue au milieu du Pacifique.

Les lames de fond soulevaient des tonnes de sable dans un vacarme épouvant........ C'étaient des déton.......... de bombes, des craque.......... Tout volait par-dessus la petite troupe : maisons, meubles, toits, portes et fenêtres, animaux, cocotiers. À peine une minute ou deux de tranquill........ Le charivari furi........ reprit plus fort avec ses masses liquides et vertic........ qui se fracassaient en grosses vagues glacées.

D'après Jean-Hugues Lime, *Le Roi de Clipperton* © Le Cherche Midi, 2002.

ATTENTION !
N'oublie pas d'accorder chaque terme en genre et en nombre.

Quelles sont les règles d'orthographe à connaître ?

- Les **noms en [war]** se terminent par ***-oir*** s'ils sont masculins (un sal|oir), par ***-oire*** s'ils sont féminins (une baign|oire).
- Les **noms féminins en [te]** se terminent par ***-té*** (la bon|té...), **sauf** dict|ée, port|ée, pât|ée, pellet|ée.

Pas un soir sans une histoire pour les petits loirs.

3 Complète les radicaux avec l'un des suffixes indiqués.

1. oir ou oire ? bav........ • bouill........ • entonn........ • promen........ • arros........ • arm........ • pass........ • ras........
2. té ou tée ? propre........ • nette........ • dic........ • solidi........ • pelle........

CORRIGÉS P. 12

33 VOCABULAIRE

Chercher l'étymologie d'un mot

D'où viennent la plupart des mots français ?

- Un grand nombre de mots français a une **origine latine** ancienne (enfant, père, mère…). À ce fonds primitif se trouvent mêlés quelques mots **gaulois** (charrue, chemin, chêne…) et de nombreux mots **germaniques** (guerre, bourg, blanc…).
- Les mots **d'origine grecque**, pour la plupart introduits au xvie siècle dans la langue française, se distinguent souvent par leur orthographe particulière : *-y-*, *-th-*, *-rh-*, *-ph-*.

  syno**n**ymes, **th**éâtre, a**th**lète, **rh**inocéros, **ph**otogra**ph**ie…

1 Lis ces extraits de dictionnaire. Surligne les mots dans la couleur qui convient, selon leur origine.

- mot d'origine latine (jaune)
- mot d'origine grecque (bleu)

Stade. *n. m.* (1530 ; *estade*, 1265 ; fém. jusqu'au xviie; gr. *stadion*) Mesure…
Pelouse. *n. f.* (1660 ; « monticule », 1611 ; de l'adj. *pelous* « poilu » (xiiie) ; lat. *pilosus* « couvert de poils »). Terrain couvert d'une herbe courte et serrée…
Jambe. *n. f.* (1080 ; gr. *kampê*). *Anat*. Partie de chacun des membres inférieurs de l'homme…
Coude. *n. m.* (xive ; *code*, xiiie; *keute*, xiie; lat. *cubitus*). 1° Partie extérieure du bras…

D'après *Le Petit Robert* © SNL, 2014.

COUP DE POUCE
L'origine du mot est la dernière indication donnée entre parenthèses.

D'où viennent les autres mots ?

- Les mots issus de langues étrangères ne sont pas toujours repérables :
  - les mots d'origine **italienne** se finissent souvent par *-o*, *-a*, *-i* ; piano, opéra, bistouri…
  - certains mots viennent de l'**arabe** (zéro, hasard, alcool…), de l'**espagnol** (bizarre, sieste…) ou même de langues moins courantes comme celle des Inuit (anorak, igloo, kayak…).
- Certains mots **anglais et américains** sont entrés dans notre langue :
  - quelquefois francisés ; bol (angl. bowl), bifteck (angl. beef et steak)…
  - parfois sans changement orthographique ; sandwich, tee-shirt…

2 Complète les phrases avec ces mots d'origine italienne.

scénario · spaghetti · paparazzi

1. Certaines stars n'apprécient pas les .... qui les traquent.
2. J'ai un excellent .... pour mon prochain film.
3. Les .... s'accommodent bien de sauce tomate.

INFO
- On peut mettre un *-s* à *spaghetti*, mais ce mot est déjà un pluriel en italien.
- *Scenario* a été francisé. On écrit « des scénarios ».

3 Souligne, dans ce texte, deux mots issus de l'anglais.

Ils croisèrent quelques gosses, appuyés à la barrière du stade, qui contemplaient des joueurs de football groupés à une extrémité de la pelouse.
« Bon. Tu prendras ton départ agenouillé. Dommage que nous n'ayons pas de starting-block. » Il assura tout de suite sa foulée… Le balancement des bras s'accordait au rythme des jambes, les coudes frôlant les jambes…

D'après Yves Gibeau, *La Ligne droite* (1962), DR.

CORRIGÉS P. 13

34 VOCABULAIRE
Analyser les sens d'un mot

Un mot peut-il avoir plusieurs sens ?

- La plupart des mots possèdent **plusieurs significations** : ils sont **polysémiques**. C'est le cas du mot pâté :
  - un **pâté** de sable (sable moulé à l'aide d'un seau) ;
  - un **pâté** en croûte (préparation à base de viande) ;
  - un **pâté** de maisons (bloc de maisons) ;
  - faire un **pâté** sur sa feuille (faire une tache d'encre)…
- L'ensemble des sens d'un mot forme son **champ sémantique**.

Un croissant de lune ou un croissant au beurre ?

1 **a. Lis cet article de dictionnaire, puis reformule les deux sens du mot *roitelet*.**

> **ROITELET** *n. m.* (h. 1180 ; 1459 ; de l'a. fr. *roitel*. V. *Roi*) **1°** Roi peu important, roi d'un petit pays (péj. ou plais.). « Les roitelets sont morts ou déchus… » (SARTRE). **2°** Cour. Oiseau passereau, plus petit que le moineau. « Le chant d'un roitelet de murailles se prolongeait à l'infini » (FROMENTIN).
>
> *Le Petit Robert* © Sejer – Dictionnaires Le Robert, 2016.

Sens du mot *roitelet* :

1° ……………………………………

2° ……………………………………

b. À quoi servent les phrases entre guillemets ?

……………………………………

……………………………………

c. Que signifie l'abréviation *n. m.* ?

……………………………………

COUP DE POUCE
Tu trouveras la liste des abréviations au début du dictionnaire.

2 **Trouve le mot correspondant à chaque ensemble de définitions.**

1. Tente militaire ; bâtiment d'habitation, maison ; partie visible de l'oreille externe de l'homme et des mammifères ; drapeau que l'on hisse sur un navire pour indiquer sa nationalité.

→ ……………………………………

2. Cloche immobile frappée par un marteau ; qualité spécifique des sons produits par un instrument ou par la voix ; marque que doivent porter certains documents à caractère officiel ; petite vignette, au verso enduit de gomme, vendue par l'administration des Postes.

→ ……………………………………

ATTENTION !
Vérifie que le mot que tu as trouvé correspond bien à toutes les définitions proposées.

3 **Cherche deux sens différents pour chacun des mots suivants.**

1. croissant a. ……………………………………
   b. ……………………………………
2. tableau a. ……………………………………
   b. ……………………………………
3. opération a. ……………………………………
   b. ……………………………………

CORRIGÉS P. 13

35 VOCABULAIRE

Synonymes et antonymes

Deux synonymes peuvent appartenir à des registres de langue différents (familier, courant ou soutenu).

Qu'appelle-t-on des synonymes ?

- Les **synonymes** sont des mots de **sens voisins** et de **même nature**.
  - peur et frayeur sont des **noms synonymes**. Le second est plus intense que le premier.
  - se promener et se balader sont des **verbes synonymes**. Le second est plus familier que le premier.

1 Écris le synonyme de chaque mot en couleur.

espiègle | agile | froissé

1. Ton frère a dû être vexé de ne pas être dans la confidence. → ....
2. Lorsqu'il s'agit de grimper aux arbres, tu es particulièrement adroite. → ....
3. Cet enfant est d'un caractère farceur. → ....

Qu'appelle-t-on des antonymes ?

- Les **antonymes** sont des mots de **sens contraires** et de **même nature**.
  - vide et plein sont des **adjectifs antonymes**.
  - grandeur et petitesse sont des **noms antonymes**.

2 Écris l'antonyme de chaque mot en couleur. levée | fermée | trouble

1. Cette eau, très pure, est transparente. → ....
2. Au début du spectacle, les acteurs gardent tous la tête baissée. → ....
3. La porte, brutalement, s'est ouverte. → ....

3 Retrouve, dans le texte, l'antonyme du mot en couleur. Surligne-le.

De nouveaux compagnons s'échappent des pages de mes premiers livres, il leur arrive beaucoup d'aventures en tout genre, c'est très excitant, à côté le football me paraît fade. Un lundi matin, à l'école, mon père, qui est aussi mon instituteur, nous demande de raconter notre dimanche. Je trempe mon porte-plume dans l'encrier, les mots m'appellent et me tirent par la manche, ma main tremble…

D'après Daniel Fondeau, *Pourquoi écrivez-vous ?* (janvier 2002).

4 Complète le tableau. Il y a parfois plusieurs réponses possibles.

	Synonymes	Antonymes
beau	....	....
obscurité	....	....
aimer	....	....

CORRIGÉS P. 13

VOCABULAIRE

36 Homonymes et paronymes

Qu'appelle-t-on des homonymes ?

- Les homonymes sont des mots qui **se prononcent de la même façon** (on dit aussi qu'ils sont homophones) mais qui n'ont pas la même orthographe et possèdent **des sens différents**.
  - cent et sang sont des homophones **lexicaux**.
  - ces, ses et c'est ; son et sont ; a et à sont des homophones **grammaticaux**.

1 ★ **Trouve l'homonyme de chaque mot, puis emploie-le dans l'une des phrases proposées.**

hauteur → .... mite → .... cane → ....

1. Les .... de l'Antiquité grecque sont captivants.
2. Mon grand-père a oublié sa .... dans le train.
3. Victor Hugo est l'............................ de *Notre-Dame de Paris*.

ATTENTION !
Le mot *aire* a de nombreux homonymes : ne les confonds pas !

2 ★★ **Explique le mot en couleur. Trouve les trois homonymes de ce mot, puis emploie-les dans les phrases proposées.**

Ce matin-là, l'**aire** du Muguet avait des couleurs si riantes sous le jeune soleil que l'autoroute pouvait paraître en comparaison un enfer de bruit et de béton.

Michel Tournier, « L'aire du Muguet », *in Le Coq de bruyère* © Gallimard, 1978.

Sens du mot *aire* : ....

Homophones : ....

1. Ce matin, en arrivant, il avait un drôle d'................. • 2. Cela s'est produit à l'................ glaciaire. • 3. Marcel .... sans but dans les rues désertes.

Qu'appelle-t-on des paronymes ?

- Les paronymes sont des mots **proches par la prononciation ou l'orthographe**, mais de **sens différents**. C'est le cas par exemple d'éruption et d'irruption.
  - Un volcan entre en **éruption**.
  - Des voleurs font **irruption** dans une banque.

3 ★★ **Complète chaque phrase avec le paronyme qui convient.**

1. induire / enduire
   Sans le vouloir, il a été .... en erreur.
   Les peintres doivent .... le mur avant de le laquer.
2. affligé / infligé
   Tu lui as .... une sérieuse punition.
   Je suis très .... par la disparition de ce grand homme.
3. incident / accident
   Un grave .... a eu lieu en plein centre-ville.
   Un .... diplomatique peut être lourd de conséquences.

CORRIGÉS P. 14

37 LECTURE ET EXPRESSION ÉCRITE

Identifier les trois registres de langue

Quels sont les trois registres de langue ?

- On distingue trois registres de langue : **familier**, **courant** et **soutenu**.
- Ces registres de langue se repèrent grâce à deux types d'indices :
  - **lexicaux** (richesse du vocabulaire) ;
  - **syntaxiques** (choix des temps, complexité de la phrase).

    J'le kiffe pas ! (familier)
    Je ne l'aime pas ! (courant)
    Je ne l'apprécie guère ! (soutenu)

1 ★ **Indique le registre de langue des phrases suivantes.**

familier — courant — soutenu

1. Le v'là dans le pétrin. Il va passer un sale quart d'heure. → ....
2. En ces délicates circonstances, nous ne voulions pas vous importuner. → ....
3. Est-ce qu'on ira à l'accrobranche pendant le séjour ? → ....

Le vocabulaire varie-t-il avec le registre ?

- Le choix du vocabulaire renseigne sur le registre de langue utilisé.

Registre de langue
- **familier :** le vocabulaire est **pauvre**, limité ou déformé.
  canasson, appart', se grouiller
- **courant :** le vocabulaire est **commun** et simple.
  cheval, appartement, se dépêcher
- **soutenu :** le vocabulaire est **riche** et varié.
  destrier, demeure, se hâter

2 ★★ **Dans chaque phrase, souligne le terme abrégé, puis remplace-le par la forme complète qu'on utilise à l'écrit.**

1. J'adore l'intro de cette chanson. → ....
2. J'ai acheté ce jeu en promo ! → ....
3. Je préfère ces baskets avec la bande fluo. → ....

3 ★★ **Remplace le verbe *dire* par un verbe plus précis.**

1. Le maire dit que l'espace jeune sera inauguré le 3 septembre. → ....
2. J'ai dit à ma mère que tout le monde avait raté l'évaluation. → ....
3. Notre entraineur a dit : « Je suis fier de votre victoire ! » → ....

La construction des phrases varie-t-elle avec le registre ?

- La construction des phrases varie en fonction du registre de langue qu'on emploie.

Familier
- phrase peu élaborée, voire incorrecte (élision du *ne*)
- pas d'inversion du sujet et du verbe dans les questions
- emploi dominant du présent

Les enfants veulent pas avancer plus loin. Ils ont peur ?

Courant
- phrase simple, mais correcte
- usage de *est-ce que* dans les questions
- emploi des temps les plus fréquents (pas de passé simple…)

Les enfants ne veulent pas avancer plus loin.
Est-ce qu'ils ont peur ?

Soutenu
- phrase élaborée
- inversion du sujet et du verbe dans les questions
- emploi du passé simple dans un récit au passé

Les enfants ne voulurent pas avancer davantage.
Était-ce sous l'effet de la crainte ?

4 **Reformule ces phrases interrogatives dans le registre de langue soutenu.**

1. Vous auriez pas croisé un homme de grande taille sur le chemin ? → ……………………

……………………………………………………………………

2. Est-ce que l'agricultrice a continué de travailler sous la pluie ? → ……………………

……………………………………………………………………

3. C'est pas le comte Dracula ? → ……………………………………

4. Est-ce que Diane a poursuivi les recherches ? → ……………………………

5 **Transforme ces phrases simples en phrases complexes. La proposition soulignée sera une subordonnée de la nature indiquée.**

1. Elsa se promène chaque été dans ce village. Elle connaît chaque rue.

Relative : ……………………………………………………………

2. Viens me retrouver dès demain. Je le veux.

Complétive : …………………………………………………………

3. Antoinette et Ernestine sont très heureuses. Elles ont été invitées au bal de la baronne.

Circonstancielle : ……………………………………………………

6 **Anne a ainsi résumé oralement le compte-rendu d'une expérience de chimie. Aide-la à le reformuler sur sa copie, dans un niveau de langue soutenu.**

J'ai pris le tube à essai en faisant attention. L'expérience n'a rien donné.
Ce qu'on a observé était vraiment très petit.

……………………………………………………………………

……………………………………………………………………

……………………………………………………………………

COUP DE POUCE
Reporte-toi aux leçons 10 à 12 (p. 17 à 19) pour fabriquer des propositions subordonnées.

CORRIGÉS P. 14

38 LECTURE ET EXPRESSION ÉCRITE

Améliorer ses écrits

Comment éviter les répétitions ?

- Dans un texte, on est souvent amené à faire référence à des éléments qui ont déjà été cités. Plusieurs procédés existent pour **éviter de les répéter**.

Pour remplacer un nom ou GN déjà cité, utilise…

un **pronom**
J'ai apporté mon skateboard. As-tu apporté **le tien** ?

un **synonyme**
J'ai toujours aimé le sport. En outre, c'est bon pour le moral de faire de **l'exercice**.

une **périphrase** (expression qui désigne la chose/personne à travers ses caractéristiques)
La Corse offrant de superbes points de vue, les randonneurs apprécient cette **île de beauté**.

un **nom générique**
J'ai déjà pratiqué l'escalade, l'athlétisme et l'aviron : **tous ces sports** m'ont beaucoup plu !

1 Plusieurs mots sont surlignés ci-dessous. Dans chaque cas, colorie dans la même couleur l'élément qui reprend le nom ou GN en couleur.

Rassemblés autour du feu à nous détendre, nous nous racontions des histoires. Père revenait souvent sur la sienne : son iliade et son odyssée pour ramener le feu dans la vallée. Il nous rappela d'abord la triste situation dans laquelle nous étions encore quelques jours plus tôt, chassés, traqués par les fauves et les loups presque jusqu'à extinction. C'était l'insuffisance d'ongulés – ânes, zèbres, chevaux – qui obligeait les carnassiers à s'en prendre à nous. Quand les grands chats commencent à manger de l'homme, ils ont vite fait d'y prendre goût.

D'après Roy Lewis, *Pourquoi j'ai mangé mon père* (1960), trad. Vercors et Rita Barisse © Actes Sud, 1990.

COUP DE POUCE
Tu dois colorier deux pronoms et deux GN.

2 Remplace les noms ou GN en couleur par l'élément demandé.

1. Amandine ne connait pas le clonage, or cet article parle du clonage.
→ pronom personnel : ....

2. Le ministère présente ses conclusions. Les scientifiques exposent leurs conclusions.
→ pronom possessif : ....

3. Greta Thunberg est préoccupée par la planète. La planète doit être préservée.
→ pronom relatif : ....

4. Il faudrait utiliser moins de pétrole. En effet, le raffinage du pétrole entraîne le rejet de nombreux polluants atmosphériques.
→ périphrase : ....

COUP DE POUCE
1. Choisis parmi ces pronoms personnels COI : *lui, leur, eux, en…*

Comment mieux structurer ses écrits ?

- Pour mettre en évidence l'**organisation d'une description**, la **chronologie d'un récit** ou la **logique d'une argumentation**, tu peux utiliser différents connecteurs.

Connecteurs

spatiaux
ici, là, devant, derrière, à gauche…

temporels
d'abord, ensuite, enfin, ce matin-là…

logiques
- pour exprimer l'addition
  et, de plus, en outre…
- pour exprimer la cause
  car, parce que, en effet…
- pour exprimer la conséquence
  donc, ainsi, de sorte que…
- pour exprimer l'opposition
  mais, pourtant, bien que…

3 **a. Dans le texte suivant, souligne tous les connecteurs logiques.**

La circulation est intense sur l'autoroute car tout le monde part en congé. Sur l'aire de repos, notre chien va, vient, court ; en un mot, il s'agite bien inutilement. Nous repartons ensuite dans les embouteillages ; mes parents ne roulent donc pas très vite. Pourtant, cela ne nous contrarie pas : nous sommes comblés d'être en vacances ! En outre, ma tante et mes cousins savent que nous arriverons tard.

b. Recopie chaque connecteur à côté de l'idée qu'il exprime.

- addition : ……………………
- cause : ……………………
- opposition : ……………………
- reformulation : ……………………
- conséquence : ……………………

4 **a. Complète ce texte rédigé par un élève à l'aide des connecteurs proposés.**

car – donc – tout d'abord – mais – en outre – en effet – cependant

Je ne sais pas si je préfère vivre à la campagne ou en ville. (……………………), la campagne et la ville offrent des avantages et des inconvénients. (……………………), à la campagne, une famille aura beaucoup plus d'espace pour profiter du quotidien. On peut également cultiver ses propres légumes. C'est (……………………) plus économique. (……………………), entretenir son potager prend beaucoup de temps. Évoquons à présent le cas de la vie en ville. La ville présente un avantage indiscutable : les adolescents sont plus autonomes (……………………) ils peuvent utiliser les transports en commun pour se déplacer en ville. (……………………), on a accès à des espaces comme la bibliothèque, le cinéma ou encore les musées, (……………………) certains trouveront que la vie est plus stressante pour les habitants de la ville.

COUP DE POUCE
On évite généralement de placer les conjonctions de coordination *mais*, *donc* et *car* en début de phrase.

b. Pour éviter les répétitions, reformule maintenant les GN en couleur.

1. la campagne et la ville : ……………………
2. La ville : ……………………
3. se déplacer en ville : ……………………
4. les habitants de la ville : ……………………

CORRIGÉS P. 14

39 LECTURE ET EXPRESSION ÉCRITE

Répondre en justifiant son point de vue

Comment répondre à une question ?

- Pour répondre à une question qui sollicite ton avis, tu dois **reprendre**, dans ta réponse, **une partie de la question**.

  Pourquoi certaines personnes éprouvent-elles le besoin d'avoir un chien ?
  → Je pense que **certaines personnes éprouvent le besoin d'avoir un chien** parce que…

- Il faut ensuite parvenir à **formuler ta propre idée**, à dire ce que tu penses.

  Je pense que certaines personnes éprouvent le besoin d'avoir un chien parce qu'**elles recherchent de l'affection**.

- Pour **exprimer tes idées**, tu peux utiliser différents procédés.

Verbes d'opinion	Mots abstraits
penser, croire, juger, estimer, affirmer, craindre, redouter…	Ils appartiennent au registre de la pensée, des idées, contrairement aux mots concrets. liberté, joie, espoir, découragement…

1 Coche les phrases qui expriment une idée et non un fait.

❑ **1.** Cet enfant est très petit pour son âge. • ❑ **2.** Mon frère est un grand champion de natation. • ❑ **3.** La connaissance est le chemin le plus sûr pour parvenir à la liberté. ❑ **4.** Je vois tous les jours cet homme se promener dans le parc. • ❑ **5.** Je pense qu'il vaut mieux une tête bien faite que bien pleine. • ❑ **6.** Mes parents aiment aller au cinéma. ❑ **7.** La violence n'est jamais tolérable. • ❑ **8.** Rabelais disait que le rire est le propre de l'homme. • ❑ **9.** Mes amis aiment beaucoup rire.

COUP DE POUCE
Tu dois cocher quatre phrases.

2 Place dans le tableau les noms suivants.

l'ordinateur · la peur · la joie · les copains · les vêtements · les chaussures · la mode · l'égalité · le bruit · la musique · la peinture · la réflexion

Noms abstraits	Noms concrets
....	....
....	....
....	....

3 Ajoute un de ces verbes introducteurs à chaque phrase.

croire · affirmer · vouloir

1. J'.................... que l'école prépare à la vie.

2. Je .... que nous ne sommes pas trop jeunes pour penser à l'avenir.

3. Je .... que règnent sur la terre paix et fraternité.

Qu'est-ce qu'un argument ? Qu'est-ce qu'un exemple ?

- Quand tu as formulé ton point de vue, il faut le **justifier.** Tu dois t'appuyer sur des **arguments** qui vont dans le sens de ce que tu affirmes.
- Tu dois illustrer chaque argument par un **exemple** qui lui donne plus de poids. Introduis-les par des expressions telles que :

  par exemple, ainsi, on le voit bien quand…

4 Ci-dessous arguments et exemples sont mélangés. Coche les arguments puis indique quel exemple illustre chaque argument.

❑ **a.** La lecture ouvre l'esprit et permet de mieux comprendre le monde.
❑ **b.** Quand on lit un roman, on entre dans la vie des personnages. Parfois on s'identifie à eux, on partage leurs sentiments, leurs pensées. On échappe, le temps de la lecture, à sa propre vie.
❑ **c.** Dans beaucoup de familles, les parents lisent le soir une histoire à leurs jeunes enfants. Les mots entendus ainsi enrichissent le vocabulaire de l'enfant, lui permettant d'avoir un accès plus large au monde qui l'entoure.
❑ **d.** La lecture nourrit l'imagination et permet de s'évader.

argument : .... → exemple : ....
argument : .... → exemple : ....

COUP DE POUCE
Attention à vérifier que l'exemple exprime la même idée que l'argument.

Comment structurer un paragraphe argumentatif ?

- Une argumentation doit être **structurée, organisée** :
  - tu donnes d'abord ton **point de vue** en reprenant une partie de la question ;
    Je pense que…
  - puis tu prouves la valeur de ton idée en exposant ton **argument** ; en effet…
  - enfin, tu illustres ton argument par un **exemple concret**. ainsi…

5 Tu dois argumenter sur le sujet ci-dessous. Remets les paragraphes dans le bon ordre en les numérotant.

SUJET : Le monde d'aujourd'hui laisse-t-il encore une place à un ailleurs qui fait rêver ?

(....) En premier lieu, il y a toutes ces formes d'évasion que nous proposent, par exemple, la musique, le cinéma ou encore un bon roman. Quand je suis plongé(e) dans un récit fantastique, je suis transporté(e) dans un monde extraordinaire et oublie celui qui m'entoure. Il en est de même quand j'écoute mes chansons préférées.

(....) Dans un tel contexte, on pourrait se laisser envahir par le découragement : heureusement, il y a encore de la place pour le rêve et l'espoir.

(....) Mais on peut également trouver des raisons de rêver dans la réalité. Ainsi, certains hommes ou femmes – célèbres ou anonymes – nous donnent des exemples d'engagement et de solidarité qui nous font croire en la possibilité d'un monde meilleur. Je pense par exemple à Nelson Mandela.

(....) Le monde d'aujourd'hui peut rendre pessimiste. Dans les médias, il n'est souvent question que de guerres, de catastrophes naturelles, de crise économique… Les savants, eux, nous alertent sur les dangers que court notre planète, notamment en raison du dérèglement climatique.

COUP DE POUCE
Repère les connecteurs logiques : cela t'aidera à ordonner les paragraphes.

CORRIGÉS P. 15

40

LECTURE ET EXPRESSION ÉCRITE

Comprendre un récit et l'interpréter

Comment aborder la lecture d'un récit ?

- Dans un récit de fiction, un narrateur rapporte **des faits qui forment une histoire**. Le récit peut être rédigé à la 1re ou à la 3e personne, selon que le narrateur est un personnage de l'histoire ou non.
- Quand tu commences la lecture d'un récit, tu peux te poser ces **questions**.
  1. Où et quand l'histoire se déroule-t-elle ?
  2. Quels sont les premiers éléments de l'histoire ? Que va-t-il se passer ?
  3. Est-on dans un registre réaliste ou fantastique ?
- Tu peux également **analyser le lexique et les images** employés. Cela te conduit à réfléchir aux intentions de l'auteur.

1 **a. Lis le début de cette nouvelle de Maupassant.**

Les deux chaumières étaient côte à côte, au pied d'une colline, proches d'une petite ville de bains. Les deux paysans besognaient dur sur la terre inféconde pour élever tous leurs petits. Chaque ménage en avait quatre. Devant les deux portes voisines, toute la marmaille grouillait du matin au soir. [...]

Les mères distinguaient à peine leurs produits dans le tas ; et les deux pères confondaient tout à fait. [...]. Tout cela vivait péniblement de soupe, de pomme de terre et de grand air. À sept heures, le matin, puis à midi, puis à six heures le soir, les ménagères réunissaient leurs mioches pour donner la pâtée, comme des gardeurs d'oies assemblent leurs bêtes.

Guy de Maupassant, « Aux champs », dans *Contes de la Bécasse* (1883).

INFO
Le début d'un récit est souvent désigné par le mot latin *incipit*.

b. Dans le descriptif qui suit, coche les propositions justes.

Dans ce texte, dont les verbes sont conjugués ❑ au passé simple ❑ à l'imparfait, le narrateur pose le cadre : nous sommes à la campagne, dans des familles paysannes pauvres. Le début de cette nouvelle rédigée à la ❑ 1re ❑ 3e personne annonce une histoire ❑ fantastique ❑ réaliste.

2 **Interprétons cet incipit.**

a. Relève trois termes évoquant un quotidien difficile.

1. un verbe signifiant *travailler dur et sans répit* : ....
2. un adjectif formé avec un préfixe négatif : ....
3. un adverbe de manière : ....

b. Souligne les termes péjoratifs désignant les enfants.

c. À quoi sont-ils comparés dans la dernière phrase ? Pourquoi ? ....

....

COUP DE POUCE
b. Tu peux relever deux synonymes dévalorisants du mot *enfants* ; *leurs produits, le tas, tout cela* ont également une valeur péjorative.

Comment approfondir l'interprétation d'un récit ?

- Au fur et à mesure du récit, tu peux étudier la **progression de l'intrigue**.
  1. Quel événement déclenche l'action ?
  2. Comment les personnages réagissent-ils ?
  3. Comment l'histoire se dénoue-t-elle ?
- À travers les **dialogues**, tu peux analyser les intentions des personnages, leur caractère.
- Pour bien interpréter le texte, tu dois en dégager le **sens implicite**.

★ **3** **Lis la suite de la nouvelle et surligne, dans la couleur qui convient, les éléments signalant que le récit commence.**

indicateur temporel (bleu)
verbe au passé simple (vert)

Par un après-midi du mois d'août, une légère voiture s'arrêta brusquement devant les deux chaumières, et une jeune femme, qui conduisait elle-même, dit au monsieur assis à côté d'elle :
– Oh ! Regarde, Henri, ce tas d'enfants ! Sont-ils jolis, comme ça, à grouiller dans la poussière.
L'homme ne répondit rien, accoutumé à ces admirations qui étaient une douleur et presque un reproche pour lui.
La jeune femme reprit :
« Il faut que je les embrasse ! Oh ! comme je voudrais en avoir un, celui-là, le tout petit. »

op.cit.

★★ **4** **Interprétons la scène.**

a. Dans le 1er paragraphe, mets entre crochets une proposition relative qui apporte une information sur la jeune femme. Que nous dit-elle sur son caractère ?

b. Dans les paroles de la jeune femme, souligne deux mots déjà employés dans l'incipit. Quel adjectif valorisant vient contrebalancer ces termes ?

c. Quels sentiments suscite chez l'homme l'admiration de sa femme pour les enfants ?

COUP DE POUCE
b. Il s'agit d'un verbe et d'un nom commun, avec un sens péjoratif quand ils renvoient à des humains.

★★★ **5** **Imagine, en deux phrases, ce qui pourrait se passer dans la suite du récit.**

COUP DE POUCE
Appuie-toi sur les paroles prononcées par la jeune femme à la fin de l'extrait.

CORRIGÉS P. 16

41

LECTURE ET EXPRESSION ÉCRITE

Exprimer ses sentiments dans un récit

Quand exprimer ses sentiments dans un récit ?

- Certains sujets de rédaction impliquent que le narrateur interne fasse part au lecteur des **sentiments** qu'il éprouve : haine, amour, admiration, solitude…

  Vous avez séjourné dans un endroit particulièrement isolé (chalet de montagne, maison en rase campagne…). Racontez ce séjour en veillant à faire ressentir la solitude que vous avez éprouvée.

- Pour traiter ce sujet de rédaction, il faudra notamment développer le **sentiment de solitude** à l'aide d'un lexique varié, composé de noms, de verbes et d'adjectifs.

réclusion renfermé solitaire
délaissé s'isoler quarantaine se retirer
retraite **SOLITUDE** délaissé s'exiler
isolement isolé se replier retiré
cloîtré cocon tanière reclus
esseulé

préoccupé panique craindre angoisse
soucieux appréhension appréhender
peureux **PEUR** effroi s'effrayer de
inquiétude éprouvante paniquer terreur
inquiet crainte stressé
redouter craintif

1 **Associe les expressions au sentiment ou à l'émotion correspondant.**

avoir la mort dans l'âme •	• la colère
être sur des charbons ardents •	• l'étonnement, la surprise
être au septième ciel •	• l'impatience inquiète
tomber des nues •	• la profonde tristesse
perdre son sang-froid •	• l'amour, l'exaltation

2 **Dans les sujets de rédaction suivants, quelle émotion le narrateur devrait-il éprouver ? Trouve quelques termes à utiliser pour faire part de ce ressenti.**

1. Le soir tombe, vous rentrez chez vous après une journée passée au collège. Vous vous apercevez que les rues sont totalement désertes. Racontez en relatant vos sentiments et émotions.
   - Émotion : ……………………………………………
   - Termes associés : ……………………………………………

   ……………………………………………………………………………………

2. Vous assistez à la projection d'un film au cinéma. Votre comédien(ne) fétiche est présent(e) et reste après la projection pour dialoguer avec le public. Racontez en faisant part de votre ressenti.
   - Émotion : ……………………………………………
   - Termes associés : ……………………………………………

Comment exprimer les sentiments des personnages ?

- La langue française dispose de très nombreux mots pour exprimer les sentiments et les émotions. Il est utile d'en connaître une grande quantité, afin de **nuancer** ou de **préciser** les sentiments exprimés.

  Ses parents étant sortis randonner toute la matinée, Lola était **inquiète**.
  Elle **redoutait** de ne pouvoir les joindre sur leur téléphone portable.
  « Quelle **angoisse** de me retrouver seule ici ! », se dit-elle.

- Dans un récit, le narrateur peut communiquer au lecteur les sentiments d'un personnage en décrivant leurs **manifestations physiques** telles les expressions de son visage, les mouvements de son corps...

  Quand elle vit l'orage éclater et des éclairs zébrer le ciel, Lola **se figea**.
  Elle **blêmit** et, quand elle parvint à prononcer quelques mots,
  sa voix s'étrangla douloureusement.

Utilise un dictionnaire des synonymes pour choisir les termes les plus précis.

3 Numérote de 1 à 3 ces adjectifs selon l'intensité qu'ils expriment, du plus faible au plus fort.

1. ...... épaté ...... abasourdi ...... troublé
2. ...... euphorique ...... gai ...... heureux
3. ...... interloqué ...... ébahi ...... déstabilisé
4. ...... inconsolable ...... morose ...... tourmenté

4 Pour chaque terme proposé, trouve un mot de la même famille, ayant la nature indiquée.

1. affligé → nom commun : ....
2. enthousiaste → verbe pronominal : ....
3. amer → nom commun : ....
4. stupéfait → nom commun : ....
5. appréhension → verbe : ....
6. exalter → nom commun : ....

5 Associe la manifestation physique du personnage au sentiment qu'il éprouve.

C'était bien la fille qui l'avait insultée hier. •	• Son cœur se mit à battre la chamade en l'apercevant au loin.
Il reçut enfin la réponse positive qu'il espérait depuis des mois. •	• Son regard se perdit dans le vide.
Lola s'éprit d'Aurélien dès le premier regard. •	• Ses yeux se plissèrent, il afficha un large sourire.
Ce fut au tour de Kim d'apprendre la terrible nouvelle. •	• Lèvres pincées et sourcils froncés, elle s'approcha de l'arrêt de bus à vive allure.

COUP DE POUCE
Ces termes expriment un sentiment intense de bonheur.

6 Écris la suite de cette phrase en employant le nom *félicité* et le verbe *exulter*.

Lola ouvrit la porte ....
....
....

CORRIGÉS P. 17

42 LECTURE ET EXPRESSION ÉCRITE

Comprendre un texte documentaire

Qu'est-ce qu'un texte documentaire ?

- Un texte documentaire **décrit ou explique des faits réels**. Il répond à des questions commençant par *comment* ou *pourquoi*.

  Comment fonctionne une écluse ? **Pourquoi** la mer est-elle salée ?

- Où peux-tu trouver des textes documentaires ?
  Dans des ouvrages dits documentaires – livres ou sites –, des **encyclopédies**, mais également dans tes **manuels**.

Quand tu fais une recherche documentaire sur Internet, vérifie que ta source est fiable.

1 a. Lis le texte qui suit et souligne les termes scientifiques que tu ne connais pas.

Le « bloom phytoplanctonique » est une floraison d'algues soudaine et rapide, liée à l'augmentation de la concentration d'une ou plusieurs espèces de phytoplancton dans l'océan. Il se traduit par une coloration de l'eau détectable par satellite. Quand on s'en approche, on découvre une immense forêt de phytoplanctons qui génèrent de l'oxygène comme les plantes sur terre. Le phénomène nécessite la conjonction de conditions favorables : une eau riche en nutriments, bien oxygénée, et suffisamment de lumière pour que la photosynthèse se produise. Une forte densité de plancton favorisant le développement des mollusques, poissons et mammifères marins, un bloom phytoplanctonique est synonyme de bonne santé de l'océan.

b. Les termes scientifiques complexes t'ont-ils empêché de comprendre le sens global du texte ? ❑ oui ❑ non

COUP DE POUCE
Commence par lire tout le texte pour en comprendre le sens global.
Laisse le dictionnaire de côté dans un premier temps !

2 Remets les phrases suivantes dans l'ordre, de manière à résumer le texte.

(....) Il est lié à l'augmentation de la concentration de phytoplanctons dans l'eau.
(....) Ce phénomène est la preuve que l'océan se porte bien.
(....) Le bloom phytoplanctonique est un phénomène saisonnier qui se produit dans les océans.

COUP DE POUCE
Après avoir lu un texte documentaire, essaye d'en formuler les idées clés en deux ou trois phrases.

3 Coche les supports dans lesquels pourrait figurer ce texte.

❑ un conte ❑ un site de vulgarisation scientifique ❑ un roman d'aventures
❑ une encyclopédie ❑ un livre d'océanographie ❑ un magazine d'histoire

4 Rédige un bref message que tu pourrais envoyer à un ami pour le convaincre de lire ce texte documentaire.

Je te recommande ....

....

....

À quoi reconnaît-on un texte documentaire ?

- Un texte documentaire comporte, en général, **un titre** qui annonce le sujet.

  Voyager à 1 200 km/h sera bientôt possible avec Hyperloop.

  Celui-ci est souvent formulé sous la forme d'une **phrase nominale** (organisée autour d'un nom).

  Hyperloop, le train sous vide qui fuse à 1 200 km/h.

- Voici d'autres **marques du texte documentaire**.

Les marques du texte documentaire
- intertitres
- illustrations (schémas et/ou photos)
- connecteurs logiques (en effet, c'est pourquoi, par ailleurs…)
- verbes au présent de vérité générale
- tournures à la voix passive

5 **Choisis le titre qui te paraît le mieux convenir au texte de l'exercice 1.**

❏ Fleurissement après la pluie ❏ Une « forêt » dans la mer ❏ Phénomène naturel

6 **a. Dans ces phrases extraites de textes documentaires, encadre les verbes conjugués.**

1. Dans la ville de Chongqing, la gare de Liziba est localisée au huitième étage d'un immeuble.
2. À bord du Tanggula Express, qui traverse le plateau tibétain à une altitude moyenne de 4 500 m, les passagers respirent difficilement à cause du manque d'oxygène.
3. Dans certains trains américains, des wagons sont pourvus d'une immense vitre s'étendant du sol au plafond, permettant une observation du paysage sans égale.

b. Surligne chaque verbe encadré dans la couleur qui convient.

(jaune)	v. à la voix active
(bleu)	v. à la voix passive

COUP DE POUCE
Un verbe à la voix passive se présente sous la forme : *être* + participe passé.

7 **Dans le texte qui suit, encadre les mots-clés et souligne deux connecteurs logiques.**

Une mission spatiale d'envergure

Le 15 mai 2021, l'astromobile chinoise *Zhurong* s'est posée avec succès sur Mars. La Chine parvient ainsi à égaler les États-Unis qui ont été les premiers à réaliser cet exploit en 1976 avec la sonde Viking 1. La mission, prévue pour durer trois mois, permettra d'étudier la structure géologique de la planète, ainsi que la composition chimique du site. L'un des objectifs poursuivis avec Zhurong est en effet de rechercher des preuves de la présence passée ou actuelle de glace d'eau dans la zone.

Astromobile Zhurong sur Mars

COUP DE POUCE
Les mots-clés sont ceux qui te permettent de résumer le texte.

CORRIGÉS P. 17

43 Analyser un texte argumentatif

LECTURE ET EXPRESSION ÉCRITE

Qu'est-ce qu'un texte argumentatif ?

- Un texte argumentatif vise à **convaincre** le lecteur, à le faire adhérer à un point de vue, une **thèse**.
- Il est **organisé** de manière logique et cohérente.

① L'auteur indique le **thème** de son propos et expose la **thèse** qu'il défend (son avis).

② Ensuite, il développe des **arguments** en faveur de sa thèse et s'appuie sur des **exemples**.

③ Parfois, il expose la **thèse** de ses **adversaires** éventuels pour mieux la **contredire**.

INFO

Emma Watson prononce ce discours en tant qu'ambassadrice de bonne volonté pour l'« ONU Femmes ».

1 Lis l'extrait de ce discours, puis réponds aux questions qui suivent.

Nous lançons aujourd'hui la campagne « HeForShe ».

Je m'adresse à vous en ce jour, car j'ai besoin de votre aide. Nous souhaitons mettre fin aux inégalités entre les genres, et pour y parvenir, l'implication de tous est indispensable. Il s'agit de la première campagne de ce genre menée par l'ONU : nous souhaitons mobiliser autant d'hommes et de garçons que possible pour qu'ils militent pour l'égalité des genres. Mais au-delà des discours, nous voulons obtenir des résultats tangibles.

J'ai été nommée il y a six mois et depuis, plus je parle de féminisme, plus je réalise que la lutte pour les droits des femmes est trop souvent associée à la haine des hommes. S'il y a bien une chose dont je suis certaine, c'est que cela doit cesser.

Discours d'Emma Watson, au siège des Nations Unies à New York (le 20 septembre 2014).

a. Quel est le thème du discours ? ....

b. Souligne en rouge la thèse qu'Emma Watson défend ici.

c. Pour soutenir cette thèse, elle avance deux éléments. Repère-les, en utilisant les crochets de couleur proposés.

[ ] proposition d'action
[ ] constat d'un frein qui empêche cette action

2 Reporte le numéro des arguments dans la bonne colonne, selon la thèse qu'ils appuient.

1. On peut rester en contact avec des personnes qui vivent très loin de nous.
2. Les réseaux sociaux réduisent la communication quotidienne dans la vie « réelle ».
3. La communication est rapide, instantanée et facile.
4. On peut devenir « ami » d'une personne malveillante.
5. Ces outils favorisent la libre circulation de l'information.
6. Des informations fausses peuvent circuler à grande échelle et rapidement.

Les réseaux sociaux sont utiles à la société.	Les réseaux sociaux nuisent à la société.
....	....

Comment le locuteur s'implique-t-il dans un texte argumentatif ?

- Le locuteur d'un texte argumentatif s'implique dans son argumentation. L'énoncé n'est pas neutre, il présente différents **marqueurs de subjectivité**.

Marqueurs de subjectivité
- indice de la 1re personne
- verbe et adverbe d'opinion
- prise à partie du lecteur
- terme péjoratif ou mélioratif

3 **Dans l'extrait de discours présenté dans l'exercice 1, surligne les marqueurs de subjectivité dans la couleur indiquée.**

jaune	indice de la 1re personne
bleu	verbe d'opinion
rouge	prise à partie de l'auditeur
vert	terme péjoratif

4 **Dans ces phrases tirées du discours d'Emma Watson, indique la nature des marqueurs de subjectivité en couleur.**

1. Apparemment (.................................), je fais partie de ces femmes aux propos jugés trop forts, trop agressifs, trop ségrégateurs, anti-hommes et peu séduisants (.................................).
2. Messieurs, j'aimerais profiter de cette opportunité pour vous inviter formellement. (...). L'égalité des genres est aussi votre problème.
3. J'ignore (.................................) si je suis qualifiée pour être ici. Tout ce que je sais, c'est [...] que je souhaite apporter ma contribution (.................................) pour faire bouger les choses.

5 **a. De quel stéréotype associé au genre masculin Emma Watson souhaite-t-elle voir les hommes se libérer ?**

Nous parlons peu des hommes qui sont prisonniers de stéréotypes liés au genre, mais je sais qu'il y en a, et que le jour où ils parviendront à s'en libérer, la situation des femmes s'en verra spontanément améliorée. Si les hommes n'ont plus besoin d'être agressifs pour se faire accepter, les femmes ne se sentiront plus obligées d'être soumises.

....

....

....

....

b. À ton tour, formule une invitation à se libérer d'un stéréotype de genre en t'inspirant de la photographie.

....

....

....

INFO
Les stéréotypes de genre sont des idées préconçues qui assignent arbitrairement aux femmes et aux hommes des rôles déterminés par leur genre (Ex. : les femmes sont douces et coquettes, les hommes ont plus d'aptitudes pour le raisonnement scientifique et sont combattifs.)

CORRIGÉS P. 18

44

LECTURE ET EXPRESSION ÉCRITE

Lire un poème

Cette définition permet de comprendre pourquoi un poème n'est pas forcément en vers.

Qu'est-ce qu'un poème ?

- La poésie peut être définie comme un **art du langage**.
- Un poète **modèle les mots**, comme le sculpteur son matériau, pour **leur faire dire plus** qu'ils ne disent habituellement et **susciter de l'émotion** chez le lecteur.

1 a. **Lis ces deux extraits.**

Extrait A

La lune était sereine et jouait sur les flots. —
La fenêtre enfin libre est ouverte à la brise,
La sultane regarde, et la mer qui se brise,
Là-bas, d'un flot d'argent brode les noirs îlots.

Victor Hugo, « Clair de lune », *Les Orientales* (1829).

Extrait B

Tout était calme, on voyait la lune sur les flots. Un léger vent entre dans la pièce par la fenêtre ouverte. La sultane regarde le panorama ; les vagues se brisent au loin, sur de petites îles sombres.

b. **En quoi le texte A se distingue-t-il du texte B ? Coche les bonnes réponses.**

- ☐ Il est disposé en vers.
- ☐ Il décrit précisément un clair de lune en bord de mer.
- ☐ Il produit des effets de musicalité grâce à la répétition de certains sons.
- ☐ Il raconte l'histoire d'une sultane.
- ☐ Il comporte une image qui suggère que les vagues scintillent.

COUP DE POUCE

Il y a deux propositions intruses.

2 **Quel texte trouves-tu le plus poétique ? Justifie ton choix en t'appuyant sur tes réponses à l'exercice 1.**

....

....

Quel est l'un des principaux procédés poétiques ?

- Le poète crée des **images** qui **nous font voir autrement le monde** qui nous entoure. Ainsi, au lieu d'écrire : « L'arbre est plein d'oiseaux », le poète Jean Cocteau dit de l'arbre qu'il est un : « bocal d'oiseaux ».
- On distingue plusieurs types d'image.

La comparaison — Elle permet de rapprocher deux éléments grâce à un outil de comparaison.
Le ciel est sur nous **comme un drap**. (Aragon)

La métaphore — Elle permet de rapprocher deux éléments sans outil de comparaison.
Je me suis baigné dans **le poème de la mer**. (Rimbaud)

La personnification — Elle attribue des caractéristiques humaines à ce qui n'est pas humain.
La rue assourdissante autour de moi **hurlait**. (Baudelaire)

3 **Lis le poème suivant, puis analyses-en les images en les surlignant dans la couleur qui convient.**

comparaison
métaphore
personnification

L'hiver, nous irons dans un petit wagon rose
Avec des coussins bleus.
Nous serons bien. Un nid de baisers fous repose
Dans chaque coin moelleux.

Tu fermeras l'œil, pour ne point voir, par la glace,
Grimacer les ombres des soirs,
Ces monstruosités hargneuses, populace
De démons noirs et de loups noirs.

Puis tu te sentiras la joue égratignée…
Un petit baiser, comme une folle araignée,
Te courra par le cou…

Et tu me diras : « Cherche ! » en inclinant la tête,
– Et nous prendrons du temps à trouver cette bête
– Qui voyage beaucoup…

Arthur Rimbaud, « Rêvé pour l'hiver », *Cahier de Douai* (1870).

Comment analyser le rythme et la musique d'un poème ?

- Dans la **poésie traditionnelle**, les vers **riment** entre eux et comptent un **nombre régulier de syllabes**. On distingue ainsi : l'hexasyllabe (6 syllabes), l'octosyllabe (8 syllabes), le décasyllabe (10 syllabes) et l'alexandrin (12 syllabes).
- **Aujourd'hui**, certains poètes écrivent en **vers libres** et jouent surtout sur la **musicalité** et la **mise en page**.

La répétition d'une consonne est une **allitération**, celle d'une voyelle une **assonance**.

4 **Lis le poème de Verlaine et complète le texte qui le caractérise.**

Il pleure dans mon cœur
Comme il pleut sur la ville ;
Quelle est cette langueur
Qui pénètre mon cœur ?

Ô bruit doux de la pluie
Par terre et sur les toits !
Pour un cœur qui s'ennuie,
Ô le chant de la pluie !

Il pleure sans raison
Dans ce cœur qui s'écœure.
Quoi ! nulle trahison ?…
Ce deuil est sans raison.

C'est bien la pire peine
De ne savoir pourquoi
Sans amour et sans haine
Mon cœur a tant de peine !

Paul Verlaine, « Il pleure dans mon cœur », *Romances sans paroles* (1874).

Ce .... de Verlaine est composé de .... strophes de quatre ....

Ces vers de .... syllabes sont des ....

Le poète évoque la pluie qui tombe sur la ville en la ....ant avec ses pleurs.

Il en exprime la monotonie en utilisant la même .... dans trois vers de chaque strophe. Pour mimer le rythme des gouttes, il emploie une ....

en [p] : **p**leure, **p**leut, **p**énètre, **p**ire, **p**eine, **p**ourquoi. Ces divers effets ....

exprimment de manière suggestive la mélancolie sans objet qu'il éprouve.

COUP DE POUCE

Utilise ces mots : *vers, hexasyllabe, poème, musical, rime, allitération, comparer,* en les conjuguant ou en les accordant comme il convient.

CORRIGÉS P. 19

Lire une image

Au même titre qu'un texte, une image est porteuse de différents messages.

Comment lire une image descriptive ?

- Une image peut être **descriptive**. La photographie d'un paysage, par exemple, permet de se le représenter avec exactitude.
- Mais le cadrage, les couleurs, l'éclairage, etc. sont des éléments qui introduisent une **vision subjective** et changent notre regard.

1 Étudie d'abord la dimension descriptive de cette photographie.

1. Le photographe a réalisé :
   - ❑ un portrait
   - ❑ une mise en scène
   - ❑ un paysage
   - ❑ une nature morte

Lac de Federa (Dolomites, Italie).

2. Que distingues-tu :
   - au premier plan ? ....
   - au second plan ? ....
   - à l'arrière-plan ? ....
3. Le photographe a utilisé une lumière :
   - ❑ naturelle
   - ❑ artificielle

2 Étudie maintenant sa dimension subjective.

1. Quel cadrage le photographe a-t-il choisi ?
   - ❑ un gros plan
   - ❑ un plan d'ensemble
   - ❑ un plan rapproché
2. On peut penser que le photographe, en cadrant ainsi son cliché, a voulu mettre en valeur :
   - ❑ l'orgueil humain
   - ❑ la majesté de la nature
   - ❑ une montagne inhabitée
3. Quel phénomène naturel donne l'impression que les arbres, la montagne et le ciel occupent quasiment les deux tiers de la photographie ?

....

3 Imagine que tu te tiens aux côtés du photographe. Fais-lui part de ce que tu ressens, en quelques phrases. Quelles sensations et émotions ce spectacle provoque-t-il en toi ?

....

....

....

COUP DE POUCE
Pour exprimer tes sentiments, aide-toi de la fiche 41, pages 52-53.

Comment lire une image argumentative ?

- L'image peut aussi être **argumentative**. Elle vise alors, selon le cas :
  - à **convaincre** (c'est par exemple le propre de l'image publicitaire qui incite à consommer) ;
  - à **faire réfléchir**, à modifier les comportements.

Pour **analyser ce type d'image**, identifie…

- son émetteur et son destinataire
  de qui ? pour qui ?
- sa composition
  couleurs, formes, disposition…
- ses messages visuels et verbaux
  ce que tu vois, ce que tu lis

4 Étudie l'image ci-contre.

1. Qui est l'émetteur de ce document ?

…………………………………………………………

2. Qui en est le destinataire ?

…………………………………………………………

3. Liste les mots-clés qui te permettent de détailler la composition du document.

…………………………………………………………

…………………………………………………………

…………………………………………………………

Campagne bruxelloise en faveur du port de la ceinture.

4. Quel comportement ce document incite-t-il à adopter ?

…………………………………………………………

5 Étudie la photographie ci-contre.

1. À quelle catégorie artistique peut-on rattacher l'œuvre photographiée ?
   - ❑ décor de cinéma
   - ❑ street-art
   - ❑ art numérique
   - ❑ architecture
2. Décris la femme de chambre, sa posture et son geste.

…………………………………………………………

…………………………………………………………

…………………………………………………………

« Balayez-le sous le tapis », à Londres. Banksy (2006).

COUP DE POUCE
2. Observe aussi la légende de l'œuvre pour enrichir ta réponse.

3. Banksy s'est inspiré d'une femme de chambre employée dans un motel de Los Angeles. Il a précisé qu'autrefois « seuls les papes et les princes disposaient de l'argent nécessaire pour se faire immortaliser en peinture ». Quel(s) message(s) pourrait-on lire dans cette œuvre, à la lumière de cette citation ?

…………………………………………………………

…………………………………………………………

CORRIGÉS P. 19

❑ ❑ ❑

Bilan

Vers la 3e…

1 La phrase complexe

a. Lis le texte suivant, puis surligne en jaune les verbes conjugués et délimite les propositions à l'aide de crochets.

Tout à coup le feu prit un étrange degré d'activité. (…) Une lueur blafarde illumina la chambre, et je vis clairement <u>que ces peintures étaient la réalité.</u> (…) Les prunelles de ces êtres encadrés remuaient d'une façon singulière ; leurs lèvres s'agitaient comme des lèvres de gens qui parlent, mais je n'entendais rien que le tic-tac de la pendule et le sifflement de la bise d'automne. (…) Une terreur insurmontable s'empara de moi. (…) La pendule sonna onze heures. (…)

D'après Théophile Gautier, *La cafetière* (1831).

b. Indique ensuite, dans les parenthèses qui suivent chaque phrase, si elle est simple (S) ou complexe (C).

c. Observe la proposition subordonnée soulignée : précise sa nature et sa fonction.

Nature : ❑ relative ❑ conjonctive ❑ interrogative indirecte

Fonction : ❑ CC ❑ épithète ❑ COD

INFO
Pour faire cet exercice, reporte-toi aux chapitres 9 à 12.

2 Les modes

a. Pour chaque phrase, indique si le verbe en couleur est à l'indicatif (Ind.) ou au subjonctif (Subj.)

	Ind.	Subj.
1. Il est souhaitable que les jeunes **connaissent** *Roméo et Juliette*.	❑	❑
2. Toutes les pièces de Shakespeare ne **s'achèvent** pas tragiquement.	❑	❑
3. Il faut que les héros **réalisent** des actions nobles.	❑	❑
4. Il paraît que les adolescents **préfèrent** les dénouements heureux.	❑	❑

b. Justifie l'emploi du subjonctif dans les phrases où tu as identifié ce mode.

……………………………………………………………………………………………

……………………………………………………………………………………………

COUP DE POUCE
En cas d'hésitation, remplace le verbe en couleur par *savoir*, dont les formes au subjonctif (*que je sache, qu'il sache…*) se distinguent facilement de l'indicatif (*je sais, il sait…*).

3 Les accords

Émilie a rédigé le texte suivant dans le cadre d'une rédaction. Aide-la à corriger ses erreurs.

a. Les erreurs ont été encadrées. Indique la nature de chaque erreur d'accord, en la surlignant dans la bonne couleur.

- (jaune) accord dans le GN
- (bleu) accord sujet-verbe
- (vert) accord du participe

Ce soir-là, je suis rentrée vite parce qu'il pleuvait à [grosse] (……………………) gouttes. J'ignorais que mes parents m'avaient [préparée] (……………………) une surprise pour mon anniversaire. J'ai été [étonné] (……………………) qu'ils soient revenus si tôt du travail. J'ai aperçu deux paquets [bleus ciels] (……………………) dans l'entrée. Était-ce des cadeaux que m'[avait] (……………………) [achetée] (……………………) mon père et ma mère ? S'agissait-il du pull et du bonnet [mauve] (……………………) que m'avait [montré] (……………………) ma mère la veille ?

b. Corrige les erreurs de l'élève entre les parenthèses prévues à cet effet.

INFO
Tu trouveras de l'aide dans les chapitres 23 à 25.

4 La construction des mots

radical	(jaune)
suffixe	(rose)
préfixe	(vert)

a. Surligne les éléments de chaque mot dans la couleur qui convient.

doucement : ....

irréalité : ....

verdâtre : ....

b. Précise la nature de chacun sur les pointillés.

COUP DE POUCE

Relis les chapitres 31 et 32 pour faire cet exercice.

5 Le vocabulaire de la poésie

Relie chaque terme à sa définition et à l'exemple qui lui correspond.

métaphore •	• vers de douze syllabes •	• Dans le verger et dans la vigne, / Il s'en va, ... (Théophile Gautier)
personnification •	• répétition du même son consonne •	• Je sens vibrer en moi toutes les passions (Charles Baudelaire)
alexandrin •	• image attribuant des caractéristiques humaines à ce qui n'est pas humain •	• Le papillon, fleur sans tige, / Qui voltige... (Gérard de Nerval)
allitération •	• comparaison de deux éléments sans mot de comparaison •	• Le ciel est gai, c'est joli Mai. (Paul Fort)

INFO

Pour faire cet exercice, le chapitre 44 te sera utile.

6 Répondre en justifiant son point de vue

Penses-tu que l'utilisation des smartphones nous soit toujours profitable ?

Donne ton point de vue en rédigeant au brouillon un argument par photographie.

A

B

C

D

COUP DE POUCE

Deux photographies montrent le smartphone comme un objet utile, deux autres comme un objet néfaste. Tu peux formuler un argument en commençant par : « Le smartphone est pratique (profitable/ avantageux/nuisible/ nocif) car... ».

Plus d'exercices sur www.hatier-entrainement.com

CORRIGÉS P. 20

Mémo

Les principaux homophones grammaticaux

Ne confonds plus…	Identifie…	Exemples
a et ***à***	• ***a*** : 3e pers. du sing. du v. ***avoir*** au présent • ***à*** : préposition	Il **a** (= avait) mis du temps **à** (≠ avait) arriver.
ou et ***où***	• ***ou*** : ou bien • ***où*** : exprime le lieu	Sais-tu **où** (≠ ou bien) il est parti en vacances : à la mer **ou** (= ou bien) à la montagne ?
on et ***ont***	• ***on*** : pronom sujet • ***ont*** : 3e pers. du pl. du v. ***avoir*** au présent	**On** (≠ avaient) est surpris par tout le travail qu'ils **ont** (= avaient) accompli.
son et ***sont***	• ***son*** : dét. possessif • ***sont*** : 3e pers. du pl. du v. ***être*** au présent	Jules et Julie **sont** (= étaient) partis avec **son** scooter (= le sien).
ce et ***se***	• ***ce*** : dét. ou pronom démonstratif • ***se*** : pronom réfléchi	Barnabé **se** demande (→ verbe *se demander*) encore s'il va aller voir **ce** film (= celui-là).
ces et ***ses***	• ***ces*** : dét. démonstratif • ***ses*** : dét. possessif	**Ses** parents (= les siens) lui ont offert **ces** belles baskets rouges (= celles-là).
c'est et ***s'est***	• ***c'est*** : présentatif • ***s'est*** : ***se*** + ***est***	• **C'est** (= cela est) décidé : nous y allons. • Il **s'est** décidé à y aller (→ verbe *se décider* au passé composé).
ai, ait et ***est***	• ***ai*** : 1re pers. du sing. du v. ***avoir*** au présent de l'indicatif • ***ait*** : 3e pers. du sing. du v. ***avoir*** au présent du subjonctif • ***est*** : 3e pers. du sing. du v. ***être*** au présent de l'indicatif	• J'**ai** entendu (= Il a entendu) rire mon frère. • C'est l'homme le plus drôle qu'il **ait** (= que nous ayons) jamais rencontré. • Il **est** (= était) toujours prêt à blaguer.
la, là et ***l'a***	• ***la*** : article ou pronom • ***là*** : adverbe de lieu • ***l'a*** : ***le/la*** + ***a***	• Il **la** prend dans ses bras. • C'est **là** que je les ai vus pour la dernière fois. • Il **l'a** appelée.
ni et ***n'y***	• ***ni*** : conjonction de coordination de sens négatif • ***n'y*** : ***ne*** + ***y***	• Je n'ai **ni** regret **ni** rancœur. • Je **n'y** pense plus (= Je ne pense plus à cela).
si et ***s'y***	• ***si*** : conjonction ou adverbe • ***s'y*** : ***se*** + ***y***	• Il est **si** tard. Je ne sais pas **si** j'ai le courage d'y aller. • Il **s'y** est mis (= Il s'est mis à cela).
sans et ***s'en***	• ***sans*** : préposition exprimant un manque • ***s'en*** : ***se*** + ***en***	• Il est parti **sans** elle. • Il **s'en** sort bien (= Il se sort bien de cela).
quand, qu'en et ***quant***	• ***quand*** : à quel moment, lorsque • ***qu'en*** : ***que*** + ***en*** • ***quant à*** : en ce qui concerne	• **Quand** (= à quel moment) reviendra-t-il ? • **Qu'en** pensez-vous ? (= Que pensez-vous de cela ?) • **Quant à** moi (= en ce qui me concerne), je n'y crois pas.
quoique et ***quoi que***	• ***quoique*** : bien que • ***quoi que*** : quelle que soit la chose que	• **Quoique** (= bien que) fatigué, il est là. • **Quoi qu'il** fasse (= quelle que soit la chose qu'il fasse), il réussit.
quel(les) et ***qu'elle(s)***	• ***quel(les)*** : dét. interrogatif ou exclamatif • ***qu'elle(s)*** : ***que*** + ***elle(s)***	• **Quelle** journée (≠ qu'il) fabuleuse ! • Il faut **qu'elle** (= qu'il) se repose.